SHANGHAI STORIES CULTURE MEDIA Co.,Ltd.

故事会

幽默讽刺系列 HUMOR AND IRONY SERIES

一只猫与二十万

上海故事会文化传媒有限公司
上海文艺出版社

图书在版编目（CIP）数据

一只猫与二十万 /《故事会》编辑部编. -- 上海：
上海文艺出版社，2019

（故事会. 幽默讽刺系列）

ISBN 978-7-5321-6414-1

Ⅰ.①一... Ⅱ.①故... Ⅲ.①故事－作品集－中国－
当代 Ⅳ.①I247.81

中国版本图书馆CIP数据核字(2017)第162900号

书　　　名：	一只猫与二十万
主　　编：	夏一鸣
副 主 编：	吕　佳　朱　虹
责任编辑：	丁娴瑶
发稿编辑：	吕　佳　朱　虹　姚自豪　丁娴瑶　陶云韫 王　琦　曹晴雯　赵媛佳　田　芳　严　俊
装帧设计：	周　睿
封 面 画：	谢友苏
责任督印：	张　凯
出　　版：	上海文艺出版社
出　　品：	上海故事会文化传媒有限公司 （200020　上海市绍兴路74号　www.storychina.cn）
发　　行：	上海文艺出版社发行中心（200020 上海市绍兴路50号）
印　　刷：	上海万卷印刷股份有限公司
开　　本：	787×1092　1/32　印张8
版　　次：	2019年7月第1版　2019年7月第1次印刷
书　　号：	ISBN 978-7-5321-6414-1/I·5132
定　　价：	25.00元

版权所有·不准翻印

 上海故事会文化传媒有限公司 出品（00678）

扫一扫二维码
故事会网上书店

上海故事会文化传媒有限公司所有图书可办理邮购，免收邮费（挂号除外）
汇款地址：上海市南绍兴路74号(200020)；　收款人：上海故事会文化传媒有限公司出版发行部
联系电话：021-64338113
如发现本书有质量问题，请与印刷厂质量科联系 T：021-56928178

编者的话

一、中华民族自古以来便有讲故事的传统。五千年的文明绵延不断,五千年的故事口耳相传,故事成为中华民族弥足珍贵的精神财富。

二、创刊于1963年的《故事会》杂志是一本以发表当代故事为主的通俗性文学读物。50多年来,这本杂志得风气之先,发表了一大批脍炙人口的优秀作品,许多作品一经发表便不胫而走、踏石留印,故而又有中国当代故事"简写本"之称。

三、50多年来,这本杂志眼睛向下、情趣向上,传达的是中华民族最核心、最基本的价值观。

四、为让读者在最短的时间内阅读最大面积的精品力作,《故事会》编辑部特组织出版《故事会·幽默讽刺系列》丛书。

五、丛书分为如下八本故事集:《60岁的浪漫》《超级粉丝》《顶级密码》《逗你玩》《模仿天才》《棋高一着》《乞丐打架》《一只猫与二十万》。

六、古人云:登东山而小鲁,登泰山而小天下。对于喜欢故事的读者来说,本丛书的创意编辑将带来超凡脱俗的阅读体验。

《故事会》编辑部

目录
Contents

妙语·博笑记
出手不凡 …………………………01
安全帽 ……………………………04
别对妈说谎 ………………………07
超值服务 …………………………09
聪明的狗 …………………………12
搞笑餐馆 …………………………14
接受规矩 …………………………16
邻居的秤 …………………………18
你有名片吗 ………………………21
拍巴掌 ……………………………23
掌声响起来 ………………………26
最不想见的人 ……………………30
嫁给公家人 ………………………35
减肥广告 …………………………39
名医出手 …………………………41

众生·变形记
成功的试验 ………………………46
一只猫与二十万 …………………49
给辉辉拜年 ………………………55
鸡王是怎样诞生的 ………………58
近邻不如远亲 ……………………61
就业百分百 ………………………65

目录
Contents

驴力资源部 ············· 69

盛大迎宾 ············· 72

识坟 ············· 75

谁的心脏需要支架 ············· 79

一物降一物 ············· 88

都是电脑惹的祸 ············· 93

鼓风机停了 ············· 110

走出大墙后 ············· 112

痴人・奇遇记

藏钱 ············· 131

大理石工作台 ············· 136

汉斯老太的故事 ············· 141

减肥水车 ············· 143

卤水点豆腐 ············· 146

胖考官的印章 ············· 149

抢劫之后 ············· 152

请别说足球 ············· 154

全能型美女 ············· 157

人之将死 ············· 159

师傅还留一手 ············· 162

甩不掉的4 ············· 165

错位 ············· 168

罚你宣个誓 ············· 170

文化站来了客人 …………………… 176
大鬼和小鬼 …………………… 181
被诅咒的房屋 …………………… 184
连"降"三级 …………………… 188
档次 …………………… 193
多情的奶牛 …………………… 195
感动观众 …………………… 199
画里画外 …………………… 206
500年前的"克隆" …………………… 211
一道风景线 …………………… 228
重新做贼 …………………… 231
如何给女友一个惊喜 …………………… 236
真假题词 …………………… 244

妙语·博笑记

miaoyu boxiaoji

生活大餐需要故事调味,酸甜苦辣,你最爱哪一味?我偏爱芥末味,初尝辛辣芳香,入喉酣畅淋漓,回味无穷——读读这样的故事该多痛快呀!

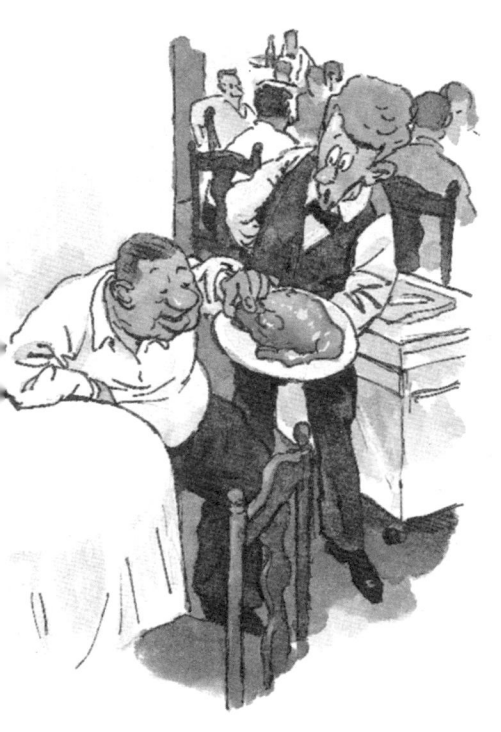

出手不凡

汤姆是清华大学的一名美国留学生,暑假期间来到一家烤鸭店打工,在大堂当服务员。这一天,饭店来了一位胖老头,刚刚坐定,就点名要吃正宗的北京烤鸭。汤姆应声将鸭子送到老头面前,拿起了刀就要切下去,老头说声"慢",他先掰开鸭子的嘴看了看,点点头,说:"是当年的鸭子。"接着又伸手摸了摸鸭子的屁股,摇摇头,对汤姆说:"端回去换一只,你们不能这样糊弄顾客!"

汤姆奇怪道:"怎么了?"

"这是一只南京产的鸭子,南京鸭只适合做板鸭,做烤鸭味道不正!"

汤姆半信半疑地将鸭子端到后厨,一问,这炉鸭子果然是从南京运来的。

汤姆又端了一只鸭子来到老头跟前,请他过目后,拿起刀来刚要切,老头又拦住了他,掰开鸭子的嘴看了看,摇摇头说:"这是只老鸭子,四岁了。"又伸手摸了摸鸭子的屁股,生气地说:"你再端回去吧,这还不是正宗的北京鸭子。"

汤姆张大嘴巴:"还不是?"

"这是一只白洋淀湖鸭,下蛋腌着吃最佳,做烤鸭就差了许多。"

汤姆只好端回去,一打听,一点不错,昨天是有个小贩送来一批湖鸭,老板贪便宜,买下了。汤姆心里不由佩服极了,赶紧换了只鸭子端出去,恭恭敬敬地呈到老头面前。

老头掰开鸭子的嘴看了看,又伸手摸鸭子的屁股:"这还不是正宗的北京鸭,是山东肥鸭,炖着吃鲜美无比,做烤鸭就……"

没等老头说完,汤姆二话没说,抄起盘子,掉头跑着送了回去,这次过了很长时间,他还没露面,直到老头都等急了,汤姆才端了一只鸭子气喘吁吁地回来,放下后,他顾不得擦额上的汗,两眼眨也不眨地看着老头,老头照例先掰开鸭子的嘴,说:"第二年的鸭子。"再摸屁股,老头脸上显示出不敢相信的神情,"咦,这好像是只……美国印第安纳鸭子,最适合炸着吃,怎么,你们饭店还从国外进鸭子?"

"太神奇了!老人家,你连美国鸭子的产地也分辨得出!太好了!太伟大了!"

汤姆激动万分,这只鸭子的确是他刚刚从麦当劳买回来加工的,他对老头佩服得五体投地,兴奋地弯下身,张开嘴巴,手指着嘴巴语无伦次:"老人家,你快看看我的嘴!"然后又转过身去一撅屁股,说:"老人家,你摸摸我的屁股。"

老头吓了一跳,莫名其妙地看着他。

汤姆热泪盈眶地说:"老人家,我自小是个孤儿,老家在哪里、多大岁数都不知道,求求你了,摸一摸吧……"

(黄　胜)
(题图:李　加)

安全帽

这天,不知从哪儿钻出两个小鬼和一个老鬼。这三个鬼来到一幢二十层楼的屋顶上,还弄来了许多大大小小的石头,准备做个有趣的游戏:看谁能用石头把楼下经过的人砸死。

不一会儿,下面来了个人,身材魁梧,头上还戴着安全帽,看模样是个建筑工人。老鬼对小鬼说:"哪个先来?"两个小鬼摇摇头:"算了吧,你没看见人家头上有安全帽啊。"

老鬼笑笑:"你们不动手,那就看我的。"他随手捡起一块鸡蛋大的小石头,轻轻丢下。那石头不偏不倚,正好落在安全帽上,"叭"的一下,安全帽四分五裂,接着"啊"的一声,那大个子便倒在了血泊之中,等救护车赶到,大个子早已一命呜呼。

老鬼得意地说:"看见了吗?不要相信广告上的话,那是吹牛的,比咱们鬼话还不值钱!现在是防盗门不防盗,保险带不保险,安全帽不安全……这不,露馅了吧。"

正说着,下面又来了个人,长得跟鸦片鬼似的,三根筋挑着个头,瘦得连风都吹得倒。他弓着腰慢吞吞地走着,那双猴眼却东张西望,像是在搜索什么猎物。

两个小鬼朝下一看,乐了,其中一个高个子小鬼抓起一块比拳头大的石头,说:"你们别动,让我来收拾他!"老鬼笑笑:"你别高兴得太早,要知道他是个贼。""贼又怎么啦?"不等老鬼开口,下面的那个贼一抬头,发现屋顶有鬼,知道情况不妙,急忙从口袋里掏出一大把钞票顶在头上。

高个子小鬼一看笑了:"你们看,这家伙吓懵啦,一叠钱能当安全帽?傻蛋!"说着将手里的石头扔了下去。

石头落在那人的头上,"扑"的一声,他便倒下了,钞票洒满一地。两个小鬼飞身落地,捡了钞票回到屋顶,对老鬼说:"师傅,贼已经死了,这钱给你。"话音刚落,只见那个贼一骨碌从地上爬了起来,仰头朝屋顶做了个鬼脸,还说:"钱是身外之物,你们拿去便是,我留得青山在,不怕没柴烧。"说完拍拍身上的灰尘,钻进小巷,寻找猎物弥补损失去了。

老鬼这才语重心长地说:"看见了吗?钱也是一种安全帽,而且还比较高级。不是说'有钱能使鬼推磨'吗?还怕你那么一块小小的石头!"说得两个小鬼连连点头。

这时楼下又来了个人,大约五十多岁年纪,挺着个鼓鼓的啤酒肚,秃了顶的脑袋油光光的。他双手反剪,迈着方步,缓慢而行。小鬼们一见非常高兴,没等高个子小鬼动手,矮个子小鬼开了口:"这回该我了,看我把他砸个脑袋开花!"老鬼摇摇头:"慢,我看这个人更不好对付,你们不妨合作抬块最大的石头扔下去试试。"

两个小鬼心里疑惑：怎么，莫非他是气功师？不像。就算是个气功师，也来不及运气呀！杀鸡何必用牛刀呢？但他们都没说出口，还是照老鬼说的做了。他们"哼唷、哼唷"地抬起一块磨盘大的石头，照准那个大胖子扔了下去。石块一路呼啸而下，连两个小鬼都忍不住闭上了眼睛，心里想：这下哪怕他块头再大，也成肉酱了。

可等小鬼睁开眼睛一看，却呆住了！只见大石头悬在空中，正缓缓地向前移动！老鬼在一旁笑道："想不到吧？你们下去看看就知道是怎么回事了！"

两个小鬼下了楼，凑上前一看，这下他们更是惊讶得嘴都合不拢了！

只见那个大胖子安然无恙，依然腆着个大肚子慢吞吞地走着，在他的头上，顶着一枚公章，公章的柄，顶着那块大石头！

（张东兴）
（题图：魏忠善）

别对妈说谎

约翰邀请母亲来吃晚饭,进餐的时候,他母亲时不时地把视线投向约翰的那位女管家。

这位女管家实在太漂亮了,眼、眉、鼻、嘴,一切都是那么匀称,一切都是那么迷人。放着这样一个美人儿,约翰能不动心?整个晚上,约翰的母亲都竭力要想知道约翰和女管家之间的关系。

约翰从母亲的目光里明白了老人家的意思,便主动表白:"我知道您在想什么,妈妈,您应该相信,而且我也可以向您保证,我同女管家之间,纯属雇佣关系。"

大约一星期后,女管家对约翰说:"自从你妈上次来吃了晚饭后,我就没见过那只漂亮的银汤勺,你想想,会不会是她拿走的呢?"

约翰说:"我也有些疑疑惑惑的。写封信给妈,证实一下。"

约翰便坐下来写信,他是这样说的:"亲爱的妈妈,我不是说您从我那里拿走了银汤勺,也不说您没拿,但客观事实是,自从您上次来吃了晚饭后,那把银汤勺就不见了。"

几天以后,约翰收到了母亲的回信,信上是这样说的:"亲爱的儿子,我不是说你和女管家睡在一起了,也不说你没跟女管家睡,但客观事实是,假如她睡在自己的床上,那她就会发现,那把银汤勺一直在那里放着……"

(王贵明)

(题图:李 加)

超值服务

移动公司的张经理很注意自己的形象,那天他对着镜子一照,发现头发有点长,也有点乱,决定到美发店去修整修整,于是开着公司的车,来到一家装修漂亮、整洁干净的美发店。见美发店的玻璃门赫然写着"洗头5元",张经理心里一乐,这么讲究的地方,洗个头才5块钱,值!

刚走到店门口,迎宾小姐微笑着鞠了个躬:"欢迎光临!"然后拉开玻璃门,做了个"里面请"的手势。张经理看到如此热情、礼貌的服务,心里很高兴,把胸一挺走进了美发店的大堂。

大堂里,一位漂亮小姐微笑着迎了上来:"请问先生需要什么服务?"

"把头发洗一洗、剪一剪,收拾得漂亮一点。"张经理是见过世面的人,他知道有些店家爱欺生,往往对熟客的服务要到位些,所以装出一副很内行的样子。

接下来的服务让张经理很满意：洗头小姐训练有素、手法娴熟，头部按摩轻重适度，让张经理昏昏欲睡，十分舒坦。所用的洗发水从气味和泡沫来看也很不错。剪发的师傅技术更是了得，刀、剪在他手里能玩出很多花样，让人看得眼花缭乱；剪出的发型有棱有角、有型有款，用吹风机这么一吹，头发根根顺当。张经理对着镜子仔细打量，很合自己心意，他暗自庆幸自己来对了地方。

这时，刚才给张经理洗头的小姐走过来，微笑着问："先生，胡子要刮吗？"这不是废话吗？张经理想，自己也是个有身份的人，不可能留着胡茬子，小姐怎么连这都看不出来？再说，刮胡子与理发是一套服务，根本用不着问。张经理有点不高兴地对小姐说："当然要刮。"

好在小姐的手艺还不赖，动作既利落又轻柔，张经理摸摸自己的脸，光溜溜的，感到很满意。

"小姐，能帮我掏掏耳朵吗？"张经理有个习惯，每次理完发后，都让小姐用棉签掏掏耳朵。小姐依然微笑着回答："当然可以。"

其实张经理的耳朵经常掏也没什么可掏的，只不过像挠痒痒似的挠挠而已，但小姐做得一丝不苟，张经理感到很惬意。

该做的都做了，张经理心满意足地来到收银台。收银小姐微笑着，彬彬有礼地告诉张经理："先生，您一共消费了98元。"

"什么，98元？你们门口不是写着'洗头5元'吗？"张经理很诧异。

"是的，单洗头我们确实只收5元，但您选择的是'洗头加剪发加头部按摩'的美容套餐服务，收费是30元。"

"那也不要98元呀？"

"您还选择了刮胡子、掏耳朵两项增值服务，每项收费5元。"

"那还有58元收的是什么钱?"

"那是您用过的一瓶洗发水的价钱。"

"可我洗一次头也没用上一瓶洗发水呀?"

"是的,但我们店里有规定,用洗发水不足一瓶的按一瓶计算。"

"你们这是商业欺诈,你们这是乱收费。"张经理有点愤怒。

"对不起,先生,我们是按本县移动公司的做法来收费的。"收银小姐依然微笑着。

(吴泽武)

(题图:李 加)

聪明的狗

一天,有个屠夫正在店里忙,一只狗突然跑进来。屠夫把狗赶了出去,可是不一会儿,狗又跑了回来。

屠夫觉得有些奇怪,他定睛一瞧:发现狗嘴里叼着一个袋子,袋子外面露出一张纸条。屠夫打开纸条,只见上面写着:"我要买12根香肠和一只羊腿,钱在袋子里。"

屠夫往袋子里一看:钱果然在那儿。于是他就收起钱,把香肠和羊腿装进袋子。

这时也该打烊了,屠夫心血来潮,关了店门跟在狗后面,决定看个究竟。

那狗不慌不忙地穿过一条街道,来到一个十字路口,它放下嘴里的袋子,跳起来用爪子按下了旁边的红绿灯按钮,接着它就蹲在地上耐心地等到绿灯亮，然后叼起袋子，穿过马路。

屠夫紧紧地跟了上去。

接着，那狗走到一个公交车站牌前，它仰起头看上面的时刻表。屠夫被它的举动惊呆了。那狗弄清楚时间后，就蹲在旁边的一个座位上等车。不一会，一辆公交车驶来，那狗急忙站起来看车次，看看不对，又回到座位上。过了几分钟，又来了一辆，那狗站了起来，看了下车次，发现正是它要坐的，于是它就爬上了车。

屠夫吃惊地张大了嘴巴，赶紧也跳上了车。公交车穿过市区来到郊区，一路上，那狗静静地看着车外的风景。过了好长时间，它站了起来，走到后门，等车停下来后，叼着袋子跳下车。

那狗顺着公路来到一所房子前，它放下嘴里的袋子，用脚爪敲门，敲了一阵，见无人应答，就用身子一次一次地向房门撞去。

可是始终没人来开门，于是那狗就跳上旁边的一面矮墙，接着跳进了花园，然后爬上窗户，用头撞了几下窗玻璃，接着回到门外，蹲在地上静静地等待。

屠夫越看越糊涂，正在这时，突然门开了，一个大汉走出来，抬起脚向那狗狠狠踹去，一边踹一边骂。

屠夫愤愤不平，他一个箭步冲上去，愤怒地训斥那个大汉："你到底在干什么？这是一只多么聪明的狗啊，它绝对能成为电视明星！"

大汉一声冷笑，嘲弄地对他说："聪明？我的天，这可是它本周第二次忘带钥匙了！"

（龙红岸　编译）
（题图：李　加）

搞笑餐馆

四个朋友到一家不起眼的小餐馆吃宵夜,却没料到经历了一次"大欢喜"。

他们刚走到门口,一男一女两个服务员就扯起嗓门大吼:"英雄四位,雅座伺候!"四个朋友刚坐下,服务员就过来了。一个朋友说:"先来一个'卤汁猪脑壳'。"只见那服务员转身就对着厨房喊:"来一个'帅哥'!"四个朋友听得一头雾水:"猪脑壳"怎么成了"帅哥"?

另一个朋友对服务员说:"再给我们来半斤'猪擂嘴'。"服务员又立即转身朝厨房喊起来:"来半斤'相亲相爱'!"

服务员喊声刚落,满堂人都哄笑起来。在这家餐馆里,不但菜肴有搞笑名称,就连那些佐料酒类,都有另类叫法。醋是"忘情水",啤酒等于"梦醒时分",白酒就是"留一半清醒一半醉"……

服务员见客人对这些很感兴趣,便起劲地介绍说:"这些名称都是我们老板给取的,他说取名字要有文化。"

于是,朋友们便提出要见见这位"文化老板"。服务员四下里一瞧,冲着一位中年汉子喊道:"首长!请首长面见四位英雄!"

"哈哈哈……"又是一阵满堂哄笑。

文化老板应声跑过来,满脸堆着笑,听服务员如此这般一说,干脆把全部菜名都抖了出来:"辣椒炒猪嘴"成了"火辣辣的吻";"凉拌西红柿"再撒上些许白糖,就变成了"火山下大雪";"清炒莴笋丁"俨然是"星星点灯";至于"海带炖猪蹄",居然被文化老板想出一个充满了诗意的名字:"穿过你的黑发的我的手"……文化老板每介绍一个菜名,都会引来众顾客一阵开怀大笑。

文化老板见顾客们兴致这么高,心里可得意了,一开心,便吩咐服务员:"免费给每桌英雄送一份'迟来的爱'。"大家都好奇地等着看这"迟来的爱"是什么东西,结果当服务员端上来一看,笑得更厉害了——原来就是一碟普通的泡菜!

最后,四个朋友吃完,让服务员拿几根牙签来。文化老板听到了,随口就溜出了声:"给英雄上几根'拗门'。"众人一听,又是一阵捧腹大笑。

(丹　丹)

(题图:史　琦)

接受规矩

东方公司从国外引进一套生产设备,为了保证设备的正常运行,对方派出一名叫"格里"的工程师来帮助一起调试。忙乎了一个多月,大功告成,公司决定宴请有功人员,按惯例也请来了公司主管层的领导。宴席开始,先由设备车间的车间主任致词。他从口袋里摸出讲稿,一句一句照本宣读起来:"在局领导的亲切关怀下,在公司领导的统一指挥下,在格里工程师的大力指导下……"

格里不懂中文,翻译一句一句译给他听,他不时地耸耸肩膀,好像总也不明白车间主任在说什么。第二天在车间里,他又追着翻译问,翻译笑他一点小事居然这么顶真,谁知格里愤愤不平地对翻译说:"你们主任昨天说谎,指挥安装调试设备的是我和你们的车间主任,不是你们领导,你们公司领导只来看过一次,局里的领导根本就没来过!"

翻译给格里解释说:"这不叫说谎,这是规矩,说话就得这么说,这里发生的每一件事情,都要和领导挂起钩来。"格里瞪大了眼睛,肩膀又耸了起来:"这是什么规矩?"

不久,车间里有个工人违反操作规程,被机器咬掉了半截手指头。车间召开事故分析会,主任最后想听听格里的意见,格里用刚学会的半生不熟的中国话说:"在公司领导的直接关怀下,在主任先生的亲自指挥下,车间里不幸发生了一起工伤事故……"

不理解归不理解,格里接受这个规矩还是很快的。

(廖　钧)
(题图:李　加)

邻居的秤

香坳村远离集市,村里百十户人家要买点东西,很不方便。陈老黑是个精明人,他在村东头开了一间小店,卖一些烟酒糖果之类的小商品。他为了多赚钱,就经常缺斤短两。好在村民们都憨厚,也没人在意陈老黑卖出的东西分量不足。

腊月中旬,陈老黑的邻居喜运老汉的大儿子要结婚,喜运老汉便到陈老黑的店里来买东西。交谈中,喜运老汉说:"今晚我打算将家里的那头大肥猪宰了,但我算了一下,除去为儿子办喜酒和过年吃的,我那头猪的肉可能还要多出30来斤,你如果要呢,我可以按每斤5块钱的价格卖给你。"

陈老黑觉得合算,就一口应承下来,为了怕对方变卦,他当时把那

30斤肉的钱给了喜运老汉。

第二天一大早，喜运老汉就将猪肉送过来了。陈老黑接过猪肉一掂量，心里不由"咯噔"一下。这几年开店买进卖出，他的手已经练得像一杆秤，掂一掂东西，分量就出来了。他明显感觉到，这猪肉没有30斤。碍着面子，陈老黑没有当场称肉，可等喜运老汉一走，陈老黑就迫不及待地拿出家中的秤，称了一下猪肉的重量。这一称，他惊得目瞪口呆，说是30斤的猪肉结果只有24斤，整整少了6斤。

陈老黑气坏了，这喜运老汉也太黑了，哪有这样扣秤的？他提上猪肉就要去隔壁找喜运老汉理论。但才走到门口，他又犹豫了，几十年的老邻居，乡里乡亲的，终日抬头不见低头见，若真红了脸，日后怎么相处？再说喜运老汉平日里是个老好人，怎么着也不像有意做出这样的事来。于是，陈老黑决定先将喜运老汉家里的秤借过来检查一下，看问题是出在秤上还是出在其他地方，如果是出在秤上，他再告诉喜运老汉他家的秤有问题，这样不就可以要回那6斤肉了吗？

陈老黑来到隔壁喜运老汉家里，向喜运老汉借秤，谁知喜运老汉说："我家哪里有秤呀？"

一听这话，陈老黑懵了，好半天才说："你家怎么会没有秤呢？你刚刚送过去的猪肉，难道没用秤称过？"

喜运老汉笑起来，说："称是称过，但不是用秤。"陈老黑听得更加糊涂了，不用秤，还能用什么东西称？

这时，喜运老汉那正在读初中的小儿子背着书包从外面进来了，他得意地拿出一根木棍，递到陈老黑的面前，说："我是用这个称的。昨天晚上我们宰完猪已经半夜了，我爹叫我到你家借秤，但我到你门口一看，灯都熄了，我不好意思叫醒你。我们物理课上刚刚学了天平呢，所以我用这根木棍做了个简易天平,你看,我在这中间系上绳子,我爹昨天不是在你店里买了10斤白糖吗,我把那10斤白糖吊在木棍的这一端,另一端呢,我吊上猪肉,只要这棍子平衡了,两边的重量就是一样。所以我只称了三次,就称出了你要的30斤肉。老黑大叔,我这方法可准呢,不信你回去称称,保证你那30斤猪肉一两不少。"

陈老黑愣住了,好半天才"嘿嘿"地干笑两声,说:"是一两不少,挺准,挺准。"他再也没提那6斤肉的事,低着头回到了自己店里。

从此以后,陈老黑店里卖出的东西,再没有缺斤少两过。

其实人心就是一杆秤,你怎样对待别人,别人也就会怎样对待你。

(方冠晴)
(题图:箭　中)

你有名片吗

清明节那天,阿亮去给妈妈扫墓。他来到祭品店,老板热情地拿出一个纸盒说:"给亲人送个iphone5吧。"阿亮逗趣道:"老板,我妈妈是个老太太,这手机她不会用啊。"

老板不假思索地说:"所以嘛,乔布斯早就想到了这一点,这才亲自下去教了。"阿亮苦笑了一下,只好付了钱。他刚准备走,老板又突然想起什么,说:"慢着,你还没买手机充电器呢。"

阿亮不耐烦了,说:"有完没完啊,还充电器?我不要!"

老板不恼,慢声细语地说:"不要可以呀,不过等手机里电池电量用完了,就不怕老太太半夜去找你?"

清明节听这话,阿亮禁不住汗毛直竖。见阿亮愣着没再吱声,老板立即把充电器塞进袋里。

阿亮皱了皱眉,只好又掏出钱包。这时,老板又拿出了一大堆东西,都是纸糊的,有充值卡、保护套……

当阿亮把钱递过去时,还是忍不住揶揄了一句:"这下老太太不会找我了吧?"

老板笑嘻嘻地数着钱,说:"暂时不会。不过你知道的,乔布斯的产品更新换代快。"

阿亮打断他的话,问:"老板,你有名片吗?"

老板一时没有反应过来,顿了一下,才连忙说:"有!以后再需要什么,就打电话联系我。"

阿亮接过名片,随手就放进塞满祭祀品的袋子里。

老板愣了一下,问:"你这是什么意思……"

阿亮微微一笑,说:"我把你的名片一起烧给我妈,以后她再需要什么,就直接打电话联系你……"

(朱道能)
(题图:包丰一)

拍巴掌

　　这天中午,李老汉从地里干完活回来,走进院子便看见屋门的锁被撬掉了,心里猛一惊:是不是来贼了?想到枕头底下放着自己的1000块钱,老汉就立即往屋里跑,刚撞开门,屋里忽然有人咳嗽了一声,他一愣怔,知道是撞上了贼,贼还在屋里头呢!

　　老汉急忙止住了脚步,也咳嗽了一声。他这咳嗽,其实是给屋里的那位回个信,意思是说我知道你在屋里头。对方沉默了片刻后,又咳嗽了一声,老汉不知道这一声咳嗽是啥意思,着急了,便说:"屋里的'高客',你别害怕,有话你就说,别打哑语好不好?"

　　屋里的那人还是不说话,又咳嗽了一声,老汉这下明白了,贼是本村人,怕说了话后被老汉听出是谁,以后见面为难,于是就说:"是村里的爷们吧？要是的话，你……你就拍一下巴掌吧。"

话音刚落，"啪"，一声巴掌响从屋里传了出来，老汉心里有了底，说话也客气了不少："喔，是村里的爷们，有啥事开开尊口就行，你是不是想走？"

又一声巴掌响，老汉知道自己猜准了，就说："要走你就大胆地走，我绝不拦你的道！"

那贼听了老汉的话，一点表示也没有，老汉长长地叹了口气："看来你还是不相信我，要不我把眼睛蒙上，这下你该放心了吧？"说完，他就拽下搭在脖子上的毛巾，把眼睛蒙住了，接着又说："'高客'，你从门缝里向外看看，我真的蒙上了，这回你信了吧，信了你就拍一下巴掌。"

屋里没有声音，看来那贼警惕性还很高，对老汉的话还不敢轻易相信，老汉着急了："你还不信我？你怕我这个七十多岁的老头干啥？喔，我知道了，你是怕我在你走出屋时把毛巾扯下来？"

这话一说，那贼就拍了一下巴掌，老汉实在想不出什么好办法了，无奈地说："'高客'，你要真怕我骗你，你就等到天黑再出来吧，到时我想看你也看不清楚了。"

贼听了老汉的话，"啪"地又拍了一下巴掌。

老汉看了看天，才刚过中午呢，只好等了。等了一会儿，他就觉得肚子"叽里咕噜"地乱叫，这才想起还没吃午饭呢。饭就在屋里，却不能进去拿，老汉苦笑一下，紧了紧裤腰带，只好先忍着……

这时，屋里的贼一个劲地拍巴掌，老汉不知他要干啥，只好猜，猜了十几次，终于猜出贼也是饿了，老汉就说："饿了你就吃吧，只是俺日子过得紧巴，没啥可口的，橱里有两个干馒头，橱顶上有一个纸包，包里有咸豆子，你将就着吃吧。"

接着就听见了那贼开橱门找东西的声音,又听见了贼的咀嚼声和喝水声……

等贼吃完了饭,老汉猛然想起了什么,"哎呀"一声,说:"不好了,'高客',你刚才吃的咸豆子,那是俺老伴去闺女家前,调拌的专门麻醉家雀的药,都怨我老糊涂了,一时吓忘了!"老汉这话一说,屋里便"乒乒乓乓"一阵响,像是摔东西的声音,老汉知道那贼听说自己吃了麻醉药,恼火了,在摔东西报复他,便说:"'高客',你别着急,俺有办法破解呢,橱底下有一个白瓶儿,里面有拌了解药的酒……"

接着就听见找东西、喝酒的声音,大约过了一顿饭的工夫,屋里响起了呼噜声,老汉一猫腰钻进了屋里,见贼正在炕上躺着,他抓起枕头一看,1000块钱没了,口里骂道:"奶奶的!"骂完了,他又从贼的身上翻出了钱,数了数,一张没少!

老汉看看躺在炕上呼呼大睡的窃贼,哈哈大笑,嘴里自言自语道:"这钱是政府给俺的'见义勇为奖',你想拿走,哼,真是癞蛤蟆推小车——不自量力!告诉你,活该你小子倒霉,你喝了这玩意,还得睡上半天!"

其实,那咸豆子也不是什么麻醉家雀的药,只是给仔猪调食用的,所谓的解药其实是度数很高的老白干!

(石 宏)
(题图:安玉民)

掌声响起来

2000年德国汉诺威世界博览会期间,我去位于德国北部的基尔看望我的妹妹,她在那里的一所技术学院任教。

基尔是一个非常美丽的地方,妹妹家的环境也很好,她留我多住些日子,我也就答应了。我在基尔住了两个月,因为一件小事,我几乎成了那里的名人,走在街上会有很多人和我打招呼。

事情是这样的,为了给汉诺威世博会助兴,那里的技术学院搞了一个叫做"自然与人"的有奖征文活动,前三名可以获得走遍欧洲的旅游奖励。妹妹问我有没有兴趣参加,我问她,外国人也可以参加吗?她说:"没说不行就是行!你写吧。"

我在国内经常参加这类活动,而且频繁获奖,我有这个自信。我很认真地写了一篇稿子,妹妹帮我译成德文,交到了征文部。

过了一段时间,通知来了,让所有参赛者去学院参加颁奖大会,获奖者要在大会上当场揭晓,很有一点神秘色彩。不巧的是我妹妹两口子那天有重要的事要去汉堡,所以他们只能把我送到学院就得离开。我一句德语都不懂,英语也不行,怎么能参加活动呢?妹妹对我说:"没有关系的,到时候主持人会宣布名单,你细细地听,只要听到杨河洋的名字,你上去领奖就是了。外国人叫中国人的名字和我们的发音是一样的,而且他们办事都很仔细,你不用担心。"

我心里还是虚得很,可也没有办法。那天,妹妹把我送到学院,交待我午饭如何去吃,下午怎么样来接我,然后就走了。

我看时间还早,就一个人在校园里溜达,不知不觉来到一个健身房。看见里面设备齐全,顿时勾起了我锻炼的兴致,我脱去外衣在里面大练了一场。

我回到发奖仪式的大礼堂时,人们已经渐渐入场了,来的大多是学院的学生,也有本市的居民,足有好几百人。

大会终于开始了,全场安静了下来。一个男主持人上台,站在麦克风前,向台下望了望,非常有风度地从上衣口袋里拿出一个红本,向空中举了举,然后拿出一张纸念开了。他肯定是在宣读获奖名单,我可要听好了!一大串的外文之后,他很费力地一字一顿念出三个字:杨——河——洋!

啊!我获奖了!我高兴得几乎跳了起来,我可以游遍欧洲了!我迅速站起来,像奥斯卡获奖演员那样,先向台下的观众挥挥手,然后健步走上了领奖台。我来到主持人面前,和他握了握手,见他瞪着眼睛看我,我指指自己,用中文说:"我——杨——河——洋!"

他似乎明白过来了，微微点点头，把那个红本子交到我的手里。我来不及细看，把本子捧在胸前，等待着颁奖嘉宾来给我发奖杯。我早就看到在台子的后方并排放着三个由小到大的奖杯，我不知道德国人发奖是先发一等奖还是先发三等奖，反正那三个奖杯里肯定会有一个属于我。

奇怪的是那个主持人握完手后愣愣地站在那里冲着我笑，我心说他们的效率怎么这么低呀？赶紧发奖杯呀！我不住地转身向奖杯望着，这时台下的人开始鼓起掌来，我向大家挥手致意。我想可能是要把其他两位获奖者叫到台上来一起发，可主持人再不说话了，只是冲着我笑，下面的人们开始站起来鼓掌，还有人吹起口哨，难道我领奖的方式不够规范？我心里暗骂我那死妹子，她也没告诉我这里的规矩呀。不会是要自己上去拿奖杯吧？我真是进退两难，下台不行，不下台傻站着也不行。这时场内的掌声和欢呼声已经如雷贯耳。又等了一会儿，主持人还是没动静。干脆我自己拿个奖杯下去算了！我走到奖杯前，很谦虚地用手指了指最小的那个奖杯，看看主持人的表情，他笑着摇了摇头。我又指了指中间那个杯子，他还是摇头。看来我得的是大奖了，我一把将最大的奖杯高高举起，感觉自己像个得了世界冠军的运动员。这时会场里群情激奋，全体观众站起来向我欢呼。我微笑着向大家致意，然后准备拿着我的奖杯下台。可是主持人上来用手轻轻地拦住了我，然后掏出刚才念过的那张纸，向台下说了些什么。不久，台下上来一个年轻人，从主持人手里接过那张纸看了看，主持人让他跟我说话，他却哈哈大笑，对着麦克风用结巴的中文念开了："请允许我在颁奖仪式前说一件事，来自中国的杨河洋先生，您的护照丢在健身房了，有人把它送到了我这里，如果您在现场，请您在会议结束之后到我这里来拿一下！谢谢！"

我这时才认出来,主持人递给我的小红本子是我的护照!妈呀!我的脸当时一定是紫色的,我下台的时候像坐在飞机上,全体起立的人们还在不住地向我鼓掌,掌声经久不息!

后来听妹妹讲,那里的市民在传说,我是世界上最幽默的人!

(徐 洋)
(题图:箭 中)

最不想见的人

城郊有个光明村,村里有个叫喜乐的老汉,这几天,他女人不远千里伺候坐月子的闺女去了,他一个人在家里想吃就吃,想睡就睡,没有了女人的聒噪和管束,过着神仙般的日子。

可是好日子过了不到一个星期,出事儿了!那天晚饭前,喜乐老汉在村里散步,转了一圈回来,走到家门口,发现衣兜里的钥匙没了。守门的钥匙怎么能丢呢?他急出一身冷汗,低着头拼命地在地上找。

这时候,对面过来一个中年汉子,看他团团转的样子,问:"找什么哪?"他不抬头听声音也知道来的是谁,唉,堵心啊,怎么最不想见的人,偏偏这个时候碰上了呢?

来者是这个村的村长,平时因为好喝酒,喝醉了就撒酒疯,误村里的事儿，所以有一次上面来检查工作的时候，喜乐老汉当面给提过意见。没想村长把这事儿给记恨上了，以后喜乐老汉找他办什么事儿，他总会揶揄几句："你走错门了吧？你怎么也来找我啊？"转而又换一副笑脸："开个玩笑，别当真！我这人什么都会，就是不会打击报复。"你既然不搞打击报复，你说那话作甚？所以喜乐老汉从此一看到他就远远避开，惹不起，还躲不起吗？

可偏偏现在想躲也躲不开了啊！喜乐老汉抬头看了村长一眼，他实在不想让村长知道自己碰上了这么倒霉的事儿，于是嘴里喃喃道："不找什么，不找什么！"村长说："不找什么？不找什么，那你怎么不进家门呀？"喜乐老汉搪塞着回答："歇一会儿，歇一会儿。"

这时候，就见村长很警惕地把喜乐老汉拉到一边，说："你是找钥匙吧？怎么，钥匙丢了？"喜乐老汉愣住了："你……你怎么知道？"村长拍拍他肩上的尘土，大度地安慰说："都吃晚饭的时候了，哪有到家不进家的道理？大叔，别急，你把情况说说，我给你在喇叭里喊喊，谁捡到了，让他们给你送来。常言道，一把钥匙开一把锁。别人捡了你的钥匙有什么用，拿在手里反倒是个累赘！"

村长这番话说得很诚恳，喜乐老汉就在心里骂自己："我真是浑了，怎么就把村长看低了呢！"于是他就对村长说："村长，我和你说实话，我真丢了钥匙！我家里原来有两串一模一样的钥匙，你婶子带走一串，还有一串就装在我兜里，可今天真是奇怪了，出去时明明还在的，怎么回来就没了……"

"慢，慢！"村长打断喜乐老汉的话头，说，"你是说你丢的是一串钥匙？一串？""是啊！"喜乐老汉着急地点点头，"这串钥匙一共有六把呢，用一根红头绳拴着。最大的那把是开院门的，开不开院门我就进不了院子；扁扁的那把是开西屋库房门的，开不开库房门我就拿不了米、拿不了面；又瘦又长的那把是开东屋灶房门的，开不开灶房门我就做不了饭；还有鼓肚子的那把是开正屋门的，开不开正屋门我就不能算进家呀——"

说到这儿，喜乐老汉突然打住了。村长见他不说下去了，追着问："没了？院门、西屋库房门、东屋灶房门、正屋门，这不只四把钥匙嘛，哪来六把？"喜乐老汉四下看了看，放低声音，凑上去附着村长的耳朵，悄声说："剩下那两把格外管用哩，你别看它们最小，那是开我正屋里的橱柜和抽屉的，抽屉里放着三千多元钱，我刚卖了两头猪，那票还都是簇簇新的呢！"

村长听得笑出了声："大叔，我明白啦，这串钥匙对你很重要。走，你先到我家去吃饭，吃完了，我就去喇叭里广播你的事情，让大家帮着找找。"喜乐老汉一听，可不好意思了：如今村长一点不记自己的恨，自己再要说村长什么，就简直不是人了。

拗不过村长再三邀请，喜乐老汉红着脸来到村长家，村长让老婆端酒端菜地好一阵忙活，然后就拉着喜乐老汉在桌子边坐了下来。村长说："大叔，你放心，你的事就是我的事，待会儿吃了饭，我给你去广播，你就在我家后屋睡，谁要捡到钥匙，让他们替你送来。"听村长说着这一番热乎乎的话，喜乐老汉感动得眼泪都要掉下来了：饭还没吃呢，村长就连晚上的睡觉问题都替他想到了！

喝罢酒，吃罢饭，天都黑了，村长拔脚就往村广播站去了，喜乐老汉晕晕乎乎地撑着桌子站起来，不过他没有到村长家的后屋去睡觉，而是跌跌撞撞朝自家屋子走去。他心想：万一人家捡到钥匙往家里送呢？自己得在家门口等着。

喜乐老汉一路朝家走去，这时候，村里的广播喇叭响了，果然传来村长的声音："乡亲们注意了，乡亲们注意了，我现在广播一件非常重要的事情，咱们村的喜乐大叔今天傍晚丢了一串钥匙，因为他老伴不远千里伺候闺女去了，所以他一个人没有钥匙就进不了家门。我在这里告诉大家，喜乐大叔家的钥匙其实很好辨认，这串钥匙是用一根红头绳拴着的，其中最大的一把是开院门的，开不开院门他就进不了院子；扁扁的那把是开西屋库房门的，开不开库房门他就拿不出里面的大米和白面；又瘦又长的钥匙是开东屋灶房门的，开不开灶房门他就做不了饭；鼓着肚子的钥匙是开正屋门的，开不开正屋门他就不能算进家啊！还有两把小钥匙，乡亲们千万不要看它小就觉得无所谓，其实它是喜乐大叔家正屋橱柜和抽屉上的钥匙，打不开柜门，开不开抽屉，拿不出钱来，大叔吃的喝的就都得向人家借去。所以，如果乡亲们有谁捡到了一串钥匙，又是用红头绳拴着的，钥匙有大有小有扁有长的，就赶紧给大叔送去，别让大叔着急，他岁数大了，急不起啊……"

村长反反复复在喇叭里说着，吐字清晰，声音响亮，差不多连附近村子的人都能听到，直到喜乐老汉走到家门口时，他还在喇叭里说着。喜乐老汉吓了一跳：村长怎么把自己私下对他说的话全给广播出去，而且还一遍又一遍地说呢？他很想去找村长，觉得他不该这么说，可这时候他的两条腿已经不听使唤了，想迈步却"扑通"一声躺倒在地，睡死过去。

一觉醒来，已经是第二天早晨了。喜乐老汉睁眼一看，不对呀，怎么院子的门开了？他连忙爬起来，跑进去一看，腿软了：西屋库房和东屋灶房的门硬绷绷地锁着，可正屋的门却大开着，橱柜和抽屉都打开了，里面空空如也，而那一大串钥匙，就好端端地插在抽屉锁上。

喜乐老汉想哭,眼睛里流不出泪;想骂,又张不开口。

这时候,村长急急地赶来了:"大叔,有人送钥匙来了?"没待喜乐老汉说话,他又鸡啄米似的点头:"送来了就好,送来了就好!我说嘛,别人捡了你的钥匙有什么用,拿在手里反倒是个累赘。这回,你放心了吧?"

喜乐老汉一肚子的火没处发,他实在憋不住了,冲口就说:"你……你……我向你报案!"

"报案?"村长眨巴着小眼睛,"你可真会开玩笑,钥匙都在了,还报什么案?"

(赵 新)
(题图:刘斌昆)

嫁给公家人

小玉和村里的小文书强子好上了，这事儿小玉妈本来就不乐意，现在听说强子因为笔头子好、做事踏实，被调到乡政府任文书，她就更不乐意了，非逼着小玉跟强子分手。

小玉正和强子蜜里调油地好着，自然是不肯分，嘟着嘴说："强子上进能干，哪点让您看不上了？"

小玉妈一屁股坐在地上，一把鼻涕一把泪地数落道："你这个没良心的，你爹老早就甩甩屁股走了，我日做爹、夜做娘地把你拉扯大，现在好，你翅膀硬了，就不听娘的了。唉，我还不如死了算了！"

虽说小玉妈甩出这番话也不是什么新鲜招数，可对小玉还是挺管用，她不想让妈不开心。想了想，小玉使了个缓兵之计，说："妈，我听你的还不行吗?不过,我想问几个问题!"

小玉妈这才收了眼泪,点点头说:"要问啥?"

小玉在妈身边坐了下来,轻声说:"妈,强子他抽烟吗?喝酒吗?"

小玉妈摇摇头:"这倒没听说过。"

小玉又问:"妈,强子他赌博吗?花心吗?"

妈鼻子里"哼"了一声:"他敢!"

小玉又问:"妈,强子他……不要求上进,是个混混吗?"

"你……搞什么名堂?"小玉妈警觉起来,"有话就直说!"

小玉不紧不慢地说:"妈,强子既然没什么不好,你为什么就非要拆散我们呢?"小玉妈这回听明白了:敢情闺女绕了这么大个圈子,不就是为的说这句话哩!她当下脸一沉,说:"反正我就是不答应。实话告诉你,不为别的,只为强子他现在是个公家人。"

小玉糊涂了:"妈,公家人怎么了?公家人吃人啊?"

小玉妈摇摇头,说:"丫头呀,公家人心贪着哩,你就是拿块砖头从他家门口过,他也会拿把菜刀在你砖头上磨两下。贪心的人咋会一辈子对你好呢?咱还是找个老老实实的手艺人吧,靠得住!"

小玉听了撇撇嘴,一副不屑的样子。小玉妈见小玉听不进自己的话,便说:"你不信?好,回头妈逮个机会试给你看。"

三天以后。这天,强子正在村东头走着,小玉妈迎面过来,手里拎着个篮子,很沉的样子。强子因为平时小玉妈见到他都是一副十分冷淡的样子,所以正犹豫着要不要上前打招呼,倒是小玉妈主动开口叫了他一声:"强子,来帮个忙!"

强子正巴不得呢,小玉妈这么一喊,他忙冲上去,一把接过篮子,低头一看,叫了起来:"哇,全是大草鱼!大妈,您买这么多草鱼干什么?"

小玉妈说:"哪是我买的,是吴老头在北荡里抽干了一条沟捉的,沟里还有鱼,他腾不出手把鱼送回来,我正好路过,他就让我帮着捎回来。鱼太多了,数都来不及数,强子,你就帮大妈把鱼送到他家去吧!"

强子找到了卖力的机会,开心地说了声"好啊",就拎着篮子大步流星地走了。

强子一走远,就有一个人从附近一棵大树后面转出来,这人正是小玉。小玉妈对小玉说:"丫头,你可亲眼看见了,那鱼你也数过了,是28条,等会儿你到吴老头家,数数他家的鱼,看少不少。公家人看到油水不捞一把?打死我也不信。"

小玉嘴上说"我就不信强子他会这样",可心却不由提了起来:强子,你可千万别让我失望啊!

过了一会儿,估计强子该把鱼送到吴老头家了,于是小玉便跟着她妈来到了吴老头家。一进堂屋,果然就看到一大盆鱼活蹦乱跳地在水里扑腾,小玉妈和吴老头的老婆扯着闲话,小玉假装看鱼,嘴里却小声数起来:"1、2、3……"

数着数着,小玉忽然不吱声了,小玉妈偷眼一看,却见小玉脸色煞白,正咬着嘴唇数第二遍,数到最后"哇"地哭了起来,捂着脸向外直奔,把吴老头的老婆吓了一大跳。

小玉妈心里明白:不用说,肯定是鱼少了。

只见小玉一路哭着,一口气奔到村西强子家。一进门,她就闻到一阵扑鼻的香味,不错,正是鱼汤的香味!

强子一见小玉来了,高兴地说:"小玉,我正要去找你哩,我妈今天买了两条鱼,专门炖了点鱼汤,你闻闻,可香哩!这是专门为你炖的,我妈说,你最近瘦了……"

小玉才不要听这鬼话呢,她冲着强子大叫道:"你……你……你跟我来!"强子还没反应过来,已被小玉拉起就跑,他想问问出了什么事,可是见小玉一脸气呼呼的样子,哪里还敢说什么,只得老老实实跟着她跑。

两人一阵风似的跑到吴老头家,小玉见她妈还在和吴老头的老婆扯着闲话,小玉一肚子气,正要开口责问强子干的好事,却见她妈偷偷地直向她摆手,她只好生生地把到嘴边的话硬咽了下去。

瞅个机会,她走到妈身边,她妈紧张地小声说:"闺女,弄岔了,弄岔了,你刚才数鱼时是不是少了两条?刚才吴老头的老婆说了,鱼倒进盆里的时候,有两条蹦到外面,让隔壁的大狸猫给拖走了。"

小玉愣住了,怎么正好是少了两条?那强子家里的鱼又是怎么回事?她忽然像想起了什么,拉着强子回头又跑出门去。强子可被她搞懵了,不知道小玉今天是怎么回事,不过就这么被她的手拉着,他还真希望就这么一直跑下去!

跑回强子家,一头扎进门,那鱼汤味儿似乎更浓更香了,小玉一把掀开锅盖,锅里的水雾气直涌上来,小玉凑上前,往锅里仔细一瞧,嘿,哪里是草鱼,分明是两条黑鱼嘛!

小玉"哇"的一声又哭开了,边哭边扑进强子怀里直掐他:"早不炖,晚不炖,偏这会儿炖什么鱼汤啊!"

强子慌得手足无措,实在不明白这到底是咋回事。

这时,小玉妈赶来了。小玉妈看了一眼锅里的黑鱼,再瞟瞟傻乎乎愣在那里的强子,说:"还不盛碗汤给——妈喝?"

(梅 冰)

(题图:魏忠善)

减肥广告

周末上午,小赵出门买菜,刚打开门就看见两台摄像机正在给住在对门的邻居老陈录像。老陈外号"陈胖子",一米七的身高,体重却足有二百斤。此刻,老陈穿得比平时讲究多了,只见他一边爬楼,一边对着摄像机诉说着胖人的苦恼:"人要是太胖啊,就难免血压高、血脂高,患脂肪肝的概率也会增加。所以,一定要减肥!"说完,他从口袋里拿出一块手帕,假装擦额头上的汗水。

小赵怕影响拍摄,赶紧退到自己家门里,开着门看热闹,只见老陈走到家门口,转过身来对着镜头说:"几年来,我尝试了多种减肥方法,包括运动、节食,可是效果都不好。"说着,他从口袋里拿出一盒口服液,"有人向我推荐了这一款减肥药,我要试试看!"大概是老陈的表述还算流利,摄像师喊了一声:"好!"几个人就撤走了。

小赵看拍摄的人撤了,赶紧跑过去,好奇地问:"老陈你这是搞什么名堂啊?"老陈压低了声音说:"一个朋友让我给他们的减肥产品做个广告!"小赵一听笑出了声:"你真有信心减肥?要是减不成这不就都白拍了?"老陈"嘿嘿"一笑,不再言语。

半个月后,老陈拍的广告播出了。前面的部分和那天小赵看到的一样,而后面的内容则让他大吃一惊!只见老陈真的消瘦了许多,对着镜头举着那瓶减肥药说:"我刚刚用了不到一个月,居然瘦了40斤!"

看完广告,小赵忍不住打了个电话给老陈:"我说大哥,我前几天见你还是老样子,你是孙悟空啊?那广告……"老陈在电话那头不好意思地说:"瘦的那个是我在乡下的孪生弟弟……"

(丰　景)
(题图:李　加)

名医出手

二贵是个专门做假证的贩子,最近由于警方查得紧,为避风头,他偷偷溜到邻近一个小城,躲进前不久刚在那里买下的一套房子里,整天不敢露面。时间一长,他觉也睡不好,饭也吃不香,经常胸口闷得透不过气来,浑身不对劲儿,想想自己会不会得了啥要命的病,只好硬着头皮到医院去看,还特地挂了个专家号。

进门头一眼看那专家,他就觉着眼熟,一打量,乐了:"咦,这不是刘喜吗?"

那专家狐疑地看了他一眼,眼睛一亮,也认出来了:"二贵,是你?你怎么来了?"

原来十年前,二贵和刘喜一块儿从民办中医学校毕业,因为手里文凭不硬,找工作处处碰壁,连乡卫生院都进不去,两人于是就动起了歪脑筋，千方百计想找人搞一张医科大学的假文凭。后来好不容易找到关系了，不料对方狮子大开口，一张文凭要价三千元。刘喜狠狠心，硬着头皮东拼西凑，买下假证后立刻远走他乡求发展去了；而二贵呢，实在凑不齐这笔钱，只好自认倒霉。不过二贵脑子挺活络，却从这里面看到了商机，既然干这个行当大有赚头，于是立刻自己琢磨着做起了假证生意。

一晃十年过去了，二贵虽说偶尔也听到过刘喜的消息，说是果然在外面混了个医生当当，可因为他一直热衷于自己的假证事业，所以很快就把刘喜给忘了，没想到今天竟然会突然在医院里碰上，真是太出人意料了，觉得分外惊喜。

二贵很想问问刘喜这些年是怎么混过来的，可是看看门外排着一长串候诊病人，知道此刻不是说话的时候，于是和刘喜寒暄了几句，就直奔主题说："老兄，真没想到今天能在这里碰上你，就拜托你给我找个医生看看吧，我最近胸闷得很，浑身不对劲儿，不知什么道理？"

刘喜一听，较着劲儿说："你别门缝里瞧人，让我去找什么医生，我给你查查不就得了？"

二贵心说：别人不知道你底细，我还不知道？读书时你成绩还没我好呢，就你那两把刷子，比我强不到哪里去。于是冲口说："得了，老兄，你糊弄别人去吧，别蒙我了。"

刘喜也不生气，"呵呵"一笑，说："你说我蒙你？"他洋洋得意地指指身后墙壁上挂着的锦旗，"你自己看看，不是我吹，这是病家自个儿送来的。"

二贵抬头一看，锦旗上全是"妙手回春"、"华佗再世"、"救死扶伤"之类的赞词。二贵哪里信刘喜这套东西：你文凭都是假的，弄几面假锦旗糊弄一下，还不是小菜一碟？

不过，毕竟两人分开这么些年，彼此有些生分，二贵不好意思当面把这层纸捅破，便缓了缓口气，说："老兄，你混到现在这个地步，可要比我强多了，你就给我找个妥实点儿的医生吧，我明天来听你的回话怎么样？今天就不耽误你时间了。"说罢，站起来就要走。

"你急什么！"刘喜一把拉住他，"二贵，你别总拿老眼光看人。"刘喜炫耀地拨弄着自己"副主任医师"的胸牌，朝二贵努努嘴，"老兄，你看清楚，这总不是假的吧？"

二贵一愣：莫非士别三日，这小子真当刮目相看了？

二贵不禁羡慕地问刘喜："你后来又去重新深造过了？怎么运气这么好啊？"

谁知刘喜竟越发得意起来："呵呵，什么深造不深造的！"

"不深造？那不可能！"二贵拼命晃着脑袋，"就算当初买的文凭有用，可就你那几下手艺，我看做做乡下小医生还差不多，要在像样一点的地方站住脚，没真本事怎么行？算了算了，我又不来抢你的饭碗，你怕什么，还不肯给我说实话！"

刘喜听罢二贵这番话，竟乐得哈哈大笑起来，附着二贵的耳朵悄声说："你还别不信，我实话对你说，像我这号人当医生，越在像样一点的地方越容易当，反而是乡下那种医院，没真本事还真不好混呢！"

刘喜一边说一边直朝二贵眨眼睛，可是二贵越听越糊涂：这话怎么说？

刘喜拍拍他的肩说："行了，行了，别发呆了，我给你看看，你就知道是怎么回事了。"

二贵一想也好，看看这小子葫芦里到底卖的什么药，于是就重新坐下来,一挽袖子,把胳膊伸到刘喜面前,哼着鼻子说:"请名医出手吧!"

二贵是想让刘喜把把脉,没想到刘喜一把推开他的胳膊,说:"你干什么?现在讲究高科技了,你以为我还搞老一套啊?"

刘喜顺手从旁边的搁架上抽出一张单子,在上面"刷刷刷"龙飞凤舞地写了几行字,打了几个勾,说:"你不是胸闷吗?先去做个心电图看看。"

二贵说:"我有时候还头晕。"

刘喜点点头:"那就再做个CT。还有什么症状?"

"肚子也疼。"

"做个腹部B超吧!喔,为保险起见,干脆再给你做个胃镜,做个肠镜,看看有没有问题……"刘喜头也不抬,一张接一张熟练地给二贵开着单子,"另外,再做个血常规检查,再验一下大小便。"

不一会儿,二贵从刘喜手里接过厚厚一摞单子,他胆战心惊地问:"这得花多少钱呀?"

"治病还怕花钱吗?钱重要还是命重要?"刘喜语重心长地开导他,"检查完了,你再到我这儿来开药。"

正说着话的时候,前面一个做完检查的病人手里捏着一叠单子,推门进来找刘喜开药。二贵忽然明白了:原来刘喜就是这么给人看病的啊!

二贵顿时心痒难耐,站起来就往外走。刘喜奇怪地追着他问:"还没检查哩,你干啥去?"二贵头也不回,兴冲冲地说:"我还搞什么假玩意儿啊,整天担惊受怕的,不如想办法改行算了!"

(黄 胜)

(题图:魏忠善)

众生·变形记

zhongsheng bianxingji

有时候最大的幸福,是简单生活。但我们偏偏总有遗憾,因为生活中的你我,不知不觉中变得不再简单。

成功的试验

讲个外国故事给你听。

说是有个小城市,一天来了两个大学生,到一家旅馆投宿。当店老板问他们姓名、职业,要在这里住多久时,他们说:"我们是格劳克城的著名医生,大约要在这里住四个星期。但是,您不要告诉任何人,因为我们要在这做一个试验。做试验需要安静。"

店老板见他们神秘兮兮的,便好奇地问道:"做试验?做什么试验?"

两个大学生相视一笑,其中一个说:"事情是这样,我们创造了一个奇迹,那就是将死人重新搞活过来。这可不是嘴巴讲讲、心里想想,而是在格劳克城经过试验成功了的事实。这种试验,在那里用了三个星期时间。现在我们要在这里,也就是在另一种环境和条件下,再做一次试验，看看我们这一科学是否普遍适用。老板，你可不能把事情告诉别人哟！"

老板像听天方夜谭似的听完他们的话，早已忘了"保密"，转身就告诉了他的好友。这样好友传好友，让死人复活的故事很快传遍了整个城市。开始人们都不相信，或一笑了之，或摇着头说："无稽之谈，纯属无稽之谈！"但后来人们发现他们天天往公墓里跑，这里看看，那里望望，一会儿对着某一块墓碑进行讨论，一会儿又掏出本子记录着什么，一呆就是大半天。有时，他们还跟公墓附近的人交谈，打听葬在这里的各个死人的情况。更引人注意的是，他们似乎对一个富翁妻子的墓特别关注。

这消息很快传到了那个富翁的耳朵里，使他着实吃了一惊。他正坐立不安，几个医生找上门来说："先生，您可得赶紧想个办法才是呀！听说那两个家伙的目标已对准了您妻子，要是她活过来，咱们就都得进监狱呀！"这一来，弄得富翁六神无主，好几夜都睡不着觉了。

转眼三个星期过去了，这一天，两个大学生收到了富翁发来的一封信。信上说："尊敬的先生们，你们让死人复活的试验，无疑是伟大的创举，但我的妻子因顽疾缠身，痛苦而死。我是她丈夫，非常爱她，正因为如此，所以不愿看见她再活过来，重新忍受病魔的折磨，望你们高抬贵手，别再扰乱她的安宁。"信封里还附有一大笔钱，很显然这是送给他们的礼金。

富翁这个头一开不得了，其他人纷纷效仿，一封封信接踵而来。

一个年轻人因继承了他叔叔的遗产，一下子由穷光蛋变成了阔少爷，他天不怕地不怕，就怕叔叔活过来；一个年轻的女人，好容易把她那白发苍苍的丈夫折磨死，得到了一大笔遗产，现在她正准备同一个小白脸结婚，怎么也不能让老头儿死而复生呀……

这些人的信不用说都是恳求两位大学生千万别在他们死去的亲人身上搞试验，同时也都附上一大笔钱，作为酬金。两个大学生倒好，信照拆，钱照收，什么话也不说，照旧天天跑公墓，认认真真地研究每块墓碑。

这时，小城里的父母官——年轻的代市长出来干预了。他代市长才不久，而且"代"字都还没去掉，在这节骨眼上，死去的市长如果从坟墓里爬出来，那自己岂不一场欢喜一场空！于是他亲自出面和两个大学生进行谈判。他说："请你们不要再试验下去了，我们这里不想见到这种奇迹，要求你们立即离开这个城市，条件有两个：一，市政府给你们一份证明，证明你们确实能将死人搞活；二，给你们一笔钱。"

谈判很快达成协议。两个大学生拿了钱和证明，整理好他们的行装，离开了这个城市。临走时，他们还对旅馆老板说："我们的试验成功了，完全成功了！"说完扬长而去。

(吴文昶　讲述)
(题图：宫　超)

一只猫与二十万

簸箕街东头住着个赵晓顺,原先是个囊空如洗的穷汉,后来做服装生意赚了些钱,日子好过了许多。半年前,他娶了个漂亮姐做妻子,人们都说他走了桃花运。赵晓顺乐得合不上嘴,连做梦都在笑。

可这天早上,赵晓顺却独自哭丧着脸缩在屋里。为啥?簸箕街西头有人给他牵线,说是有个老板看中他的手艺,愿意与他合作做生意,但需要他出一部分资金,至少二十万元。今天是最后一天期限了,赵晓顺还没有把资金凑齐,眼看到手的一大笔生意要飞了,赵晓顺苦无良计,急得在房间里团团转。

这时,一只小猫从里间蹿了出来,摇着尾巴在他身边"喵喵喵"地欢叫。这小家伙是赵晓顺一个星期前花一百元钱从猫市场上买来的,全身油光黑亮,嘴唇两边的髭须一拂一拂,赵晓顺平时可喜欢它了,还给它取了个很好听的名字,叫"贝贝"。不过此刻他正心烦,哪有心思与贝贝逗乐,便朝它挥挥手:"去去去,吵死了,别在这儿号丧!"

正在心烦意乱的时候,突然响起了"笃笃笃"的叩门声。"谁呀?"赵晓顺极不耐烦。"我。"噢——是街西头那个牵线人的声音,赵晓顺冲过去,打开门一看,牵线人旁边还站着一个人,五十岁上下,一身西服,颇有派头。牵线人介绍说:"这位是余先生,新加坡华侨,也是我的同乡,今天特地来看看你。"

"啊,请进,请进。"赵晓顺非常热情,连忙把客人请进屋,招待他们在客厅坐下,敬烟敬茶。

"不必客气,不必客气!"余先生开门见山道,"我听同乡说你最近做生意手头资金紧缺,我想助你一臂之力……"

赵晓顺以为自己听错了:"你——你不会骗我吧?"

"怎么会呢?"余先生挺认真地说,"我说话向来是算数的。"

赵晓顺绝处逢生,不由喜出望外:"余先生,你这是雪中送炭,雪中送炭啊!"说这话的同时,赵晓顺也向旁边的牵线人投上感激的一瞥。

"不过,"余先生不慌不忙地说,"我可以无偿借给你二十万,只是有一个条件。"赵晓顺急不可耐地凑上去问:"什么条件?""别急,别急,是这样。"余先生笑着说,"听说你一个星期前花一百元买了一只小黑猫,你能把它卖给我吗?"

赵晓顺大为震惊:卖一只小猫,就可以无偿得到二十万元借贷,我与他非亲非故,他为什么对我如此慷慨?可是不答应吧,过了这个村,就没那个店了,明天不把二十万交出去,失掉的可是一笔大生意啊!想到这里,他也不管三七二十一,忙不迭地说:"行,行!"

他一边应着,一边飞快地从里屋抱来了贝贝。

余先生接过贝贝,掏出两张百元大票,塞进赵晓顺手里:"这是两百元,一半是猫价,另一半就算是这个星期你喂养小猫的花费。"

赵晓顺乐滋滋地收下钱,讨好地说:"如果余先生喜欢猫的话,我可以陪你去猫市场买。"

"不用,不用。"余先生爱怜地抚摸着贝贝,"别的猫我都不感兴趣,我就喜欢这只猫,你瞧,它多么可爱,在同类中简直是佼佼者。从现在开始,这只猫归我啦,赵先生,你不会后悔吧?"

余先生对贝贝情有独钟,这不禁引起了赵晓顺深深的怀疑,不过二十万元现金的诱惑实在太大,所以他还是拍着胸脯说:"我保证,不后悔,我同你一样,说话也算数!"

"好,好!"余先生始终笑眯眯,"我要的就是你这句话。现在猫还放你这儿,我回去拿支票。中午十二点,咱们仍在这里,我交支票你交猫,怎么样?"赵晓顺当然一口叫好。

送走余先生以后,赵晓顺恋恋不舍地抱起贝贝,左看右看,越看越可爱,越看越舍不得。二十万资金有了着落,一笔大生意保住了,可此刻赵晓顺反而没有一点轻松感,心中的疑团越来越大。想想今天这事儿总有点蹊跷,余先生重价买贝贝,一定另有企图,莫非猫肚里有啥值钱的玩意儿?对,肯定是这样,要不然的话,他何必这么做?想到这一层,赵晓顺当机立断,立刻把贝贝锁进房间,然后三步并作两步赶到猫市场,买了一只与贝贝一模一样的小黑猫。回到家里,他把小黑猫关进房间,牙一咬,操起一把刀,把贝贝给宰了,来了个"五马分尸"。

赵晓顺睁大眼睛仔细寻找,果然,有道蓝色的光泽倏地在他眼前一亮,猫腹中有一粒宝石!赵晓顺兴奋得心怦怦乱跳,毫无疑问,这粒蓝宝石的价值远远超过了二十万。赵晓顺不禁为这一意外收获而惊喜万分。他抬眼一看墙上的挂钟，这时候离十二点还差一刻钟。

赵晓顺沉浸在巨大的兴奋之中，就在这时候，响起了一阵急促的敲门声，不用说也知道，是余先生来了。一想到余先生，赵晓顺就恨得直磨牙：你他妈的巴子，你想用二十万作诱引，把贝贝弄走。幸亏我有提防，否则岂不被你当孙子耍？哼，你算看错人了！

赵晓顺得意洋洋地走过去开门，装作挺热情的样子，把余先生迎进客厅。

"赵先生，"余先生依然满脸含笑，"支票我带来了，我们是不是马上把合同签下来……等等……等等……我的那只可爱的小黑猫呢？"他四下环顾。

"在这里。"赵晓顺抱来了那只新买的猫。余先生欣喜地接过去，可立刻惊讶地叫了起来："不对，不对，你弄错了！"

"没错，没错，是你眼花了。"赵晓顺有点儿心虚，但表面上却装作若无其事。

"不，我不会眼花！"余先生认真地说，"你不知道，我早上抱着那只猫的时候，曾用圆珠笔在它的脚上做了记号，你看看，现在没了。还有……"他掏出一只放大镜，又从猫身上撸下一根毛，放在放大镜下一照，对赵晓顺说："你看看这只猫的毛色，不瞒你说，我早上从那只猫身上拔过几根毛发。"余先生说着，掏出一个纸包，里面果然有几根毛发。"你看看，虽然两只都是黑猫，可它们的毛发在放大镜下还是有明显的区别。"

赵晓顺慌了，心里骂了句："狡猾的老狐狸！"余先生紧追不放："赵先生，你要实话告诉我，你把我那只小黑猫藏到哪儿去了，请把它交给我！"

赵晓顺当然不会认账:"你别胡言乱语,血口喷人!""什么?血口喷人?"余先生站起来,不安地说,"你是不是把我那只猫给杀了?咦,你的衣襟上怎么会有血迹呢?上面似乎粘到了什么……对不起,让我瞧瞧,哦,是根毛发。"他拿出放大镜照了照,"这是我那只猫身上的……看来,你真的把它杀了。"

赵晓顺眼看瞒不下去了,干脆赤膊上阵:"杀了,又怎么样?你为什么对这只猫这么感兴趣呢?"赵晓顺索性转守为攻。余先生惶惶不安道:"实话说吧,猫肚里有样东西。"

"奇怪,"赵晓顺故作惊讶,"这不是天方夜谭吗!我的猫,你怎么知道它肚里有东西?"

余先生连忙解释说:"是这样,昨天傍晚,我从你家门口经过时,手上一样东西不慎掉落在地上,被你的黑猫吞进肚里,我怕直接找你说不清楚,恰好有个同乡也住在这条街上,便请他帮忙,今天一大早来找你买猫,要回我的东西,并且我不亏待你,无偿借钱为你解围,实际上我这是报答你。猫肚里的东西并不值钱,只因为它是我们家的祖传,所以我才这么做,现在请你把东西还给我。我求你!"余先生说完,掏出一张支票,在赵晓顺眼前一扬,那上面赫然填着:200000。

赵晓顺心里一阵冷笑:你这个滑头人,我才不信你这些骗人的鬼话哩!他搔搔头皮,眼珠一转,装模作样道:"你胡说些什么呀,我实在不知道猫的肚子里会有啥玩意儿!我也实话告诉你吧,我家有两只小黑猫,简直像一对孪生姐妹,既然贝贝给了你,留下另一只还有什么意思呢,所以我才把它杀了。你一定认为贝贝吞下了你们家的祖传之物,你可以杀了它自己去找,不过这不关我的事,杀之前,你得履行自己的诺言,先把合同签了。"

赵晓顺说得头头是道，余先生似乎有些绝望，他在房间里来回走了好几转，随后道："你真没看到猫肚里有东西？""没有！"赵晓顺坚决地摇了摇头。余先生定定地瞧着他，足足一分钟，忽而哈哈大笑。

赵晓顺丈二和尚摸不着头脑："你……你笑啥？"

"我笑你，"余先生挺认真地说，"没想到，你是如此德行！"

他说，其实他是那个愿意与赵晓顺合作做生意的老板派来的。老板原来要赵晓顺投资二十万，事后知道他难凑齐这笔资金，老板实在欣赏赵晓顺的手艺，不舍得因此断了这笔生意，有心想进一步成全赵晓顺，又不知道他的为人，为避免碰上无赖，决定对赵来个试探，于是，便和心腹余先生商量，用了这个计谋。他们派人在赵家门前悄悄候了两天，直到昨天傍晚小黑猫在门口玩耍，便偷偷给它吞下一颗几乎可以乱真的人造珠宝。现在看来，老板的试探真是十分必要。

一切都真相大白！赵晓顺如梦初醒，捶胸顿足，哭丧着脸说："那么，余先生，我们以后还有交往的希望吗？"余先生意味深长地看了他一眼，说："人与人之间，如果不讲信用，缺乏真诚，你讲，交往还有啥意思呢？"他扔下这句话，然后头也不回地走了。

(罗玉珍)

(题图：张恩卫)

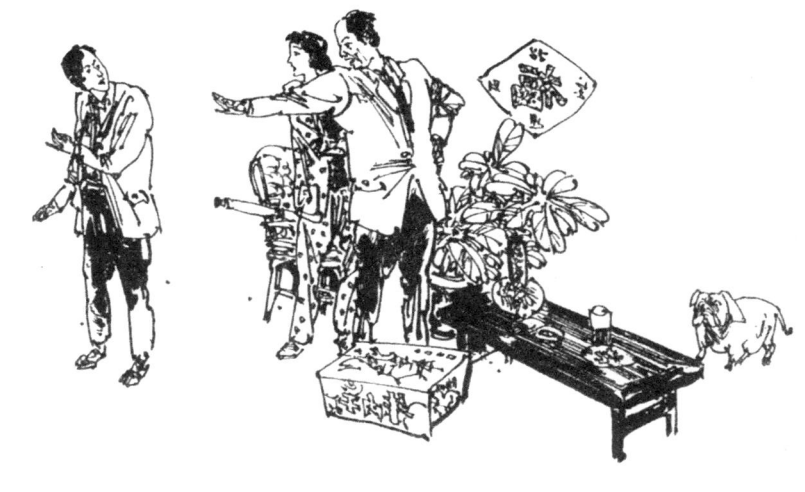

给辉辉拜年

丁泉这两个星期可没闲着,一直在合计到李镇长家里去拜年的事。李镇长是镇上一把手,他用老婆的名义在镇上开了一家竹器加工厂和一家运输公司,富得流油。这一次,李镇长又发了话,要再招十名职工,丁泉想趁这机会到厂里去做工。听说想去的人很多,于是他就决定给李镇长送点礼。

丁泉家里穷得叮当响,只得东挪西借地凑了几百块钱。可送什么呢?他听人说李镇长和他老婆都特别喜欢他家的宝贝辉辉,也不知是孙子还是外孙。那辉辉娇生惯养,没有牛肉干就不肯吃饭,于是大年初一早上,丁泉到城里买了一箱最贵的牛肉干,然后直奔李镇长家。

丁泉到了李镇长家里,看着皇宫一样的装修,手脚都不知往哪里放。

还好,李镇长热情地让丁泉坐下,还给他倒了一杯茶。丁泉也不知说什么好,抖抖索索地搬出那箱牛肉干,递给李镇长夫人,说:"过年了,没啥好东西,这个是给辉辉吃的。"

李夫人惊讶地看看丁泉,说:"丁泉,你怎么这么客气?这牛肉干很贵的,只是我家辉辉的口味特别,他只吃美国进口的那一种,其他牌子的碰也不要碰。"

丁泉禁不住在心里骂娘:这么好的牛肉干还要挑剔!这娃儿看来要被养成人精了。

李镇长问丁泉有什么事,丁泉含含糊糊地说了自己想到厂里上班的事。谁知李镇长打起了官腔:"丁泉啊,照理说乡里乡亲的,应该照顾你,可你不知道,要来做工的人太多了,我不好安排啊。"

丁泉见势不妙,忙又掏出早已准备好的五百元红包,递给李夫人,说:"这是给你家辉辉的压岁钱。"李夫人有点意外,愣了愣才伸手接过钱,说:"难为你想得这么周到,招工的事让老李再考虑考虑。"

丁泉见事情有了转机,浑身开始活络起来,他关心地问:"不知道辉辉是你女儿养的娃,还是你儿子养的娃?"谁知这一下捅了马蜂窝,李夫人顿时跳得有八尺高:"胡说八道!辉辉要么是你老婆养的!"李镇长也气得脸色发紫,大叫道:"你给我滚!"

丁泉灰溜溜地出了李家门,他又气又恼,闹不清自己在什么地方得罪了他们。难道说这个辉辉是李镇长和李夫人老蚌得珠养下的"娃"?

说来也巧,在车站,丁泉碰到了乡亲丁红,她现在正在李镇长家里做保姆。丁泉把事情经过一说,丁红笑弯了腰:"什么外孙还是孙子,辉辉是他们家养的一条哈巴狗!"丁泉一下子像被雷劈了一样——傻了,心里真是甜酸苦辣百味俱全。他痛恨自己乱说话,得罪了李镇长;他心疼那箱牛肉干和红包,打了水漂……

丁泉失魂落魄地回到家里,连大年也无心过了,成天唉声叹气。老婆知道他一定是找工作不顺利,也不敢多说话。

谁知到了初四晚上,丁红却找上门来,一进门就说:"丁泉大哥,李镇长答应让你到厂里工作了!"丁泉"噌"的一声从床上坐起来,问:"是怎么一回事?"

丁红笑着说:"多亏了你送的那箱牛肉干。"

原来李夫人养的那条哈巴狗辉辉已经有几天"茶饭不思"了,一天天瘦下去,李家人心疼得不得了。百般无奈之下,就拿丁泉送的牛肉干去喂辉辉,没想到辉辉吃得又香又甜,这下可把李夫人乐坏了,立刻让丁红来找丁泉,问他这种牛肉干是在哪儿买的,并且通知他元宵以后就到厂里上班!

丁泉的老婆在一边乐得直搓手,没有注意到丁泉的脸色已经变了,他愤愤地说:"我不去厂里上班!我丁泉可不想让人戳着脊梁骨说是借畜生的光才进的厂。你告诉他们,我是乡下人,城里不熟悉,哪儿买的牛肉干早忘记了!"

(莫 凡)
(题图:刘斌昆)

鸡王是怎样诞生的

　　凌晨四点,记者小林接到一个电话,一艘客船在进港时失事了。小林赶到海难现场,只见乘客们已经陆续被救上了岸。这时,有一个乘客引起了小林的好奇。这是一个四十多岁的男人,独自躲在角落里,怀里紧紧抱着一只大公鸡。在这样的生死关头居然有人死死抱着一只鸡不放,凭职业敏感,小林觉得他一定有些出人意料的故事。

　　于是小林有意和他套近乎,闲聊中终于了解到,这人是牛角尖村的村主任,姓牛。牛主任骄傲地告诉小林,自己怀里抱着的是一只鸡王,本打算来这座靠斗鸡闻名的海滨城市卖个好价钱,没想到遇上了海难。牛主任爱怜地抚摸着怀里的大公鸡,说:"幸好,我的宝贝鸡王没事。"

　　小林仔细看了看牛主任怀里的鸡,这只鸡羽毛不鲜艳,爪子也不是很尖利,喙也不是很突出,分明就是一只乡下随处可见的土鸡嘛,实在难以相信这竟是一只鸡王。

牛主任压低嗓门,说:"林记者,你可不要小看了我的这只鸡,它能斗得过全村的狗呢,村里的狗,没一只是它的对手。我的命可以不要,这个宝贝可不能扔……"

一只鸡竟能斗过全村的狗?虽然在海难现场谈斗鸡斗狗的话题并不合适,但作为一名记者,小林知道,如果对方说的是真的,这件事还是有报道价值的。于是他留给牛主任一张名片,告诉他,有什么关于鸡王的消息,可随时联系,然后就匆匆赶回报社去了。

过了几天,牛主任给小林打了电话,他说,不知道怎么了,这鸡王一到城里,连普通的鸡都斗不过,但回到村里后,鸡王仍然可以斗过所有的狗,这是咋回事呢?是不是水土不服?真是邪门得紧。小林听后觉得很有趣,他看看日程安排,恰好有几天休息时间,便决定到牛角尖村"拜访"这只神奇的鸡王。

刚一进村,小林就看到了让他终生难忘的一幕:只见一条膘肥体壮的大黄狗忽地从一条小巷中蹿出来,边跑边往身后瞧,仿佛后面跟着什么猛兽。随后,一只气势汹汹的公鸡扑棱着翅膀跟了出来,正是牛主任的宝贝鸡王。

只见鸡王伸长脖子,往狗屁股上狠狠啄去,一叼一缕狗毛。大黄狗痛得汪汪怪叫,更加不要命地逃去。鸡王见状,不再追赶,得意地收拢翅膀,神色倨傲地长鸣一声。一只路过的黑狗闻声吓得一哆嗦,夹着尾巴,灰溜溜地从鸡王身旁溜过,看也不敢看它一眼。

事实摆在眼前,这公鸡的确是鸡族中的异类。小林百思不得其解,这时,他见一个老头正坐在巷口晒太阳,便走过去,指着那鸡王向老头搭讪说:"大伯,这是牛主任家的鸡王么?"

老头咧嘴一笑:"可不是咋的,牛主任家的鸡。"

"看这鸡不起眼的样子,怎么这么厉害?"

老头咂咂嘴说:"村主任家的鸡,特意培训的,能不厉害么?"

"特意培训?"小林想不到牛主任还有这本事,居然能培训出追着大黄狗满街跑的公鸡。

老头解释说,前几年村里狗多,牛主任家的鸡老是被狗追。牛主任恼火了,他规定,以后不论谁家的狗,只要咬掉他家鸡身上一根鸡毛,一律打死,还要包赔一百元。说打就打,几个月就打死了好几十条狗,罚了好多钱。

小林奇怪地问:"可现在,这鸡怎么反倒追着狗啄呢?"

老头嘿嘿一乐,说:"是这样的,后来大家都学乖了,从小狗娃时起,谁家的狗一追村主任家的鸡,就往死里打,打几次后,狗娃就知道那鸡是碰不得的,长大后也不敢咬村主任家的鸡,那鸡一追,反倒吓得满街疯跑。"

小林听了老头的话,恍然大悟:原来鸡王是这样诞生的,怪不得一到城市里,连普通的鸡也斗不过。但奇怪的是,牛主任怎么就没有想到其中的原因呢……

(尹利华)
(题图:安玉民)

近邻不如远亲

刘老汉的儿子在大城市打工,成家立业后很少回家。时间长了,刘老汉难免想念儿子,于是决定到城里住上一段时间。

临行前,刘老汉特地从山里采来一麻袋野山药。听人说,这种野山药健脾养胃,在大城市特受欢迎。

刘老汉来到儿子家,全家其乐融融。但是儿子媳妇见老父亲拎了这么一大包野山药,既心疼又好笑,说:"爹,您带这么多干吗?啥时能吃完呀?受潮发霉了岂不可惜?"

刘老汉嘿嘿一乐,说:"本来就不是让你们吃的,我刚才数了,这楼上楼下有一二十户邻居,每家送一点,说不定还不够分呢。"

儿媳一听,笑了起来,她说:"爹,我们邻居之间从不来往,你送不出去的。"

"远亲不如近邻。不来往还叫啥邻居?"刘老汉固执地说,"我就不信好东西送不出去。"

两天后,刘老汉装了几根山药,来到对门敲门,喊道:"有人吗?"他一连叫了几声,门才裂开一条缝。一个头上扎满烫发卷的女人探出头,她隔着防盗门窗,打量了刘老汉一下,冷冷地问:"找谁?"

"我是对门的邻居。"刘老汉指了下自家房门。

女人的脸色稍微缓和了一下,问:"什么事?"

刘老汉扬了扬手里的塑料袋:"这是我从老家带来的野山药,送你几根尝尝鲜……"

那女人却脸色一变,尖声叫道:"不买不买,不买你们外乡人的药!"说罢,"砰"的一下关上了门。

刘老汉吃了个闭门羹,本想再解释一下,可一见这架势,只得苦笑着提着山药,朝楼上走去。

楼上住的是位戴眼镜的男士,他一见野山药,连声夸道:"好东西,好东西,多少钱一斤?"

刘老汉遇到了知音,高兴得摆摆手,说:"不要钱,你只管拿去吃就是了。"

"什么,不要钱?"男士的眼珠几乎要从镜框里蹦出来了,他追问说,"为什么?"

"楼上楼下邻居,要啥钱哟?"

那男士一边关门,一边嘟哝说:"哪有天上掉馅饼的……"

刘老汉一听,倔脾气也上来了,说:"什么人呀,把别人的好心当做驴肝肺,想吃我还不给你咧!"说完,他气冲冲又向楼上走去。他挨门挨户地敲了一阵,都没人应声,正要下楼时,突然看到一个背书包的小姑娘蹦蹦跳跳地走了过来,一见面就很有礼貌地喊了声:"爷爷好!"

刘老汉喜出望外,于是问:"小姑娘,你在几楼住呀,你家大人呢?"

谁知连问几声,那小姑娘就是扑闪着大眼睛不回答,最后她才说:"爷爷,请您讲普通话。"这让刘老汉傻了眼,抓耳挠腮不知所措。

此时,一位老者喘着粗气上了楼,他远远就操着本地话训斥小姑娘说:"和你说过多少次了,不要和陌生人讲话,你就是不听……"

小姑娘脸一红,和刘老汉说:"我外公来了,您跟他说好啦……"说着一溜烟进了家门。

虽说刘老汉感觉到对方的态度不友好,但他还是一厢情愿地凑了过去。谁知对方连退几步,一边用手紧紧护住菜篮,一边大声嚷嚷起来:"你要干什么?"说完,也跟跟跄跄地逃进了家门。

刘老汉悻悻地回到家中,他一屁股坐在沙发上,心里直嘀咕:这城里人都怎么啦,连个人情世故都不讲……他正暗自生气,就听得有人敲门,开门一看,原来是个三十来岁的男子。男子一见面就喊:"表姨夫,我来看看您。"见刘老汉还在疑惑,又操起家乡话补充道:"表姨夫,不认得了?我是老杜家的二娃呀。"

刘老汉这才认出,来人是妻子的一位远房外甥。他连忙把二娃让进屋,一面倒水,一面问道:"怎么,你也在这里打工?"

"是呀,都七八个年头了。"

"做什么工作呀?"

二娃谦虚地说:"嗨,我能干啥?一没文凭二没学历的,就在你们小区对面摆个小吃店混日子呗,有空您来尝尝。"这时,他一眼瞅见野山药,不禁高兴地叫了起来:"这是咱本地的野山药吧?"

刘老汉便点头说:"你喜欢就拿走,我带来一麻袋呢。"

"真的?"二娃一下来了兴致,"这野山药在这可是个金贵玩意,听说在大饭店一碗汤就要这个数呢!"二娃边说边竖起了食指。

刘老汉惊奇地问:"要10元钱?"

"哈哈,10元钱只能尝一口,要100元!"二娃眼珠一转,说,"这样吧,您把山药都给我,我推出一道'野山药糯米羹',月底结账,挣的钱咱爷俩二一添作五……"

刘老汉听了,把一麻袋山药都给了二娃:"都扛走吧,反正也送不出去,坏了挺可惜的。"

让刘老汉大吃一惊的是,半个月后,二娃将一叠钞票塞给了自己,说,这是十几天的红利,到下月底起码还得翻三番。他还补充说:"您带来的野山药快用完了,您干脆再回家收购一批吧,路费我出……"

第二天清晨,刘老汉半信半疑地来到二娃的小吃店,只见店门前排着长队。他走进店内,意外发现了自己楼里的几个邻居:头上扎烫发卷的女人、戴眼镜的男士、讲本地方言的老者都端着拳头般大小的瓷碗,有滋有味地品尝着里面只有薄薄几片山药的糯米粥。

那个头上扎烫发卷的女人一边喝着,一边朝同桌的老太太夸道:"妈,这米粥营养很好,才20元一碗,很划算的……"

(申之珉)

(题图:谢 颖)

就业百分百

李志刚刚进了大学,对啥事都感到新鲜。这天午夜,他躺在宿舍床上翻来覆去睡不着,就索性爬起来,站在窗边吹吹风。忽然,李志发现不远处有几点"鬼火"在晃荡,他很好奇,立刻拿起望远镜,仔细观察了起来。

不一会儿,"鬼火"居然渐渐地多了起来。李志细细数了一下,足有二三十处。那些到底是什么东西?李志一下子来了兴致,决定第二天去实地考察,探个究竟。

第二天一大早,李志来到昨夜出现"鬼火"的地方,一看才发现,这里西边是块南瓜地,东边是个桃树林,后面有间小屋,倒也没有什么特别的地方。

李志仔细看了看这片南瓜地，这里结出的南瓜又小又圆，一个南瓜不到一斤。李志家种过南瓜，像这种瓜，价贱，还没人要。李志纳闷了：怎么会有人种这种南瓜呢？

李志朝那间小屋走去，一个老头坐在门口悠闲地晒太阳。李志上前问道："这是您家的南瓜地吗？怎么种成这样子啊？"

老头笑了，说："小伙子，你是这个大学里的新生吧？你不知道，我这南瓜可非同一般，它是用来做灯笼的。"李志很惊讶，用南瓜做灯笼，这不是老外庆祝万圣节用的吗？怎么现在老农也好玩这个了？

老头接着说："这南瓜种子，我还是找附近的农林院特地培育的，想买还买不到呢！"说着，老头站起身，从屋里拿出了一个小灯笼，就是用这样的南瓜做的，他沾沾自喜地说道："我用南瓜做灯笼，比卖南瓜赚得多，就这一个，要卖100块呢！"

李志疑惑道："这么贵，有人会买吗？"老头听了大笑，说："以后你就会明白，我这是姜子牙钓鱼——愿者上钩。"

这时，一帮学生走了过来，李志认出来了，他们是大四的学长、学姐们，迎新晚会上见过的。带头的一个高个子男生说："李大爷，我们班大概需要21个灯笼，您准备一下，我今晚就来拿。"

老头乐得直点头，连说没问题。李志十分奇怪：他们要这么多灯笼干吗？另外，这灯笼100块一个，是一个普通大学生好几天的生活费呢，李志想不明白，便决定今天夜里再来瞧瞧到底是怎么回事。

到了午夜，"鬼火"又出现了，李志现在明白了，这些"鬼火"原来是南瓜灯笼发出的光。他走出寝室，快步向南瓜地跑去。到了那里，只见二十来个学生正提着灯笼在桃树林里巡视，那个老头在小屋门口笑眯眯地看着。

李志一见，纳闷了，上前问道："大爷，师兄、师姐们在干什么啊？"

"又是你啊，你这个小鬼头，还真是喜欢刨根问底的，好吧，那我告诉你……"老头指了指桃林里的二十多个学生，说，"他们都在帮我看桃林呢。原先，我这儿的桃子经常被小偷偷走，现在别说小偷，老鼠都没见一只……嘿嘿，管你学的是建筑还是法律，还不是都要帮我打工？"

老头兴致勃勃地向李志炫耀着，李志一听，更糊涂了：这些学长、学姐不光买老头的高价灯笼，还居然要帮老头看林护院，甘愿打工，看来，这里大有名堂啊，我应该直接去问学长、学姐们！

李志走进了桃树林，见一棵树下坐着一位学姐，正借着灯笼的光看英语书。李志走上前去，笑眯眯地打了个招呼，寒暄几句后，说了心中的疑惑。

那位学姐看着李志，叹息一声，说："学校有明文规定，没有找到就业单位的学生是拿不到毕业证、学位证的，而只要找到工作，哪怕是做保安或者冲厕所，这两证就会给你。我们有的同学暂时找不到工作，有的不想急着就业，像我，还想继续考研的……"

李志更困惑了，说："这跟你们来看桃林有什么关系啊？"

学姐苦笑道："这里面学问大了，我们给这老头看桃林，他就会在我们的就业证明函上盖个章——'何老头园林公司'，这样可以通过就业指导中心的检验，就能顺利拿到毕业证和学位证了。"

李志听了，气呼呼地说："既然这样，你还不如随便找个章，盖了得啦！"

学姐皱着眉，说："随便盖的章根本通不过，一个电话打到用人单位，一问就穿帮了，而这何老头的章就可以。"学姐说到这里，凑了过来，对李志附耳说道："他儿子是就业指导中心的主任。"

　　学姐说到这儿，又指着这满林的桃子，神色无奈地说："到时候，我们每个同学都要在这里买10斤桃子，并且是市场价的两倍以上呢。"

　　李志这才恍然大悟，这才是真正的捆绑式销售啊，什么买南瓜灯笼、买桃子，说穿了，全是买何老头儿子手里的那点小小权利！

　　李志走出桃林，正好撞见那个何老头，老头眯着眼说："明年我还要在屋子后面种西瓜呢。"李志暗叫不好，估计明年来看林的学生，又该买西瓜了！

　　几个月后，李志那所学校的宣传车跑遍了这个城市的大街小巷，上面拉着一个大大的横幅——"本校再创就业奇迹，所有专业就业率百分之一百！"

（吴海宝）
（题图：张恩卫）

驴力资源部

赵老顺一大早上街去吃早点,看到镇运输公司的门口围了很多人,像是在看什么东西。老顺挤进去一看,墙上贴了一张红纸,上面写着"诚聘驴力资源部经理"几个大字。"诚聘"老赵是知道的,就是招工,可这"驴力资源部"是啥意思,他就不明白了。再看下面的小字儿,"本公司为满足深山运输的需要,新成立一支驴队,现诚聘驴力资源部经理一名,要求了解驴的个性,能够激发驴的潜能,发扬团队合作精神,完成运输任务。"有些词儿老顺闹不大明白,可大概意思他知道了,就是要招个驴把式呗。红纸上还说,今天早上就开始报名考试,当场决定是否录用。老顺乐了,自从儿子把他从乡下接到镇上以后,他都快闷死了,早想找点事儿干干,他赶了一辈子的驴,其他啥也不会做,今天算是撞到枪口上了。老顺报了名，自称是人力资源部的张经理递给了老顺一张纸条说："这是第一轮笔试，通过之后可以参加第二轮考试，一共三轮，要是全部通过，就当场录取。"

听了这话，老顺忙低头看纸条，上面只有一道题："请分别谈谈如何对付赶路驴、拉磨驴、懒驴和犟驴？"老顺略加考虑，开始动手答题，只一分钟的工夫，他就把纸还给了张经理。张经理不信他这么快就答好了，再低头一看手中的纸，更觉得老顺是来捣乱的了。只见纸上歪歪扭扭地画了四样东西，一把青草，一块布，一个木鱼，还有一个赶驴鞭。张经理指着答题纸，耐着性子问老顺："请问您这是什么意思？"

老顺得意地说："啥意思？标准答案呗。"

张经理笑着说："我没设标准答案，你倒帮我设了，咋个标准法？"

老顺不慌不忙地说："这是我的'四字真经'，要不是想当经理，我还轻易不露呢。这青草，就代表了'诱'，对付赶路驴最合适，就是在驴的头上支一把青草，让他伸长了脖子，不停地向前奔，却总也够不着；这块布，就代表了'骗'，用来对付拉磨驴，要蒙上它的眼，让它不知道自己在原地打转转，还以为是在往前走；这木鱼，就代表了'哄'，对付那些懒驴用得上，政治思想工作是一定要做的，要不停地说唱吆喝，人说累了，就用录音机放敲木鱼儿的声音。这根鞭子，就代表了'打'，驴脾气就是犟，对不听话的驴，要坚决打击，而且要保证一次就收拾服帖，否则往后它就是你爹，再没法驾驭了！"

听了这些个话，张经理不敢怠慢了，亲自把老顺带到了驴棚，递给他一根鞭子，进行第二轮的操作考试。题目是让这些驴立刻争先恐后地去干活。张经理心里有数，这些驴都刚刚到山里拉货回来，他倒要看看，老顺有什么本事，能让这些已经累得半死的驴动起来。

老顺一搭眼就看出这是张经理给自己出的难题，他把赶驴鞭放在一边，空手走进了驴棚。只见老顺走到一头驴跟前，在驴的耳边轻声说了几句话，然后拍了拍驴的屁股，又慢慢地走到另一头驴的跟前，在驴的耳边也轻声讲了几句话，也拍了拍驴的屁股。张经理纳闷了，不知道老顺玩的什么把戏，而老顺却一点不急，一个一个地找驴子谈心，张经理只好耐心等下去。

老顺对每头驴都说了几句，然后摸两下屁股，全部聊完以后，老顺拿过赶驴鞭，在驴棚门口轻轻一绕，根本没沾到驴身上，驴们就争先恐后地挤出驴棚，到了板车旁边，像是等着套车。张经理看得目瞪口呆，拉过老顺问他对驴说了些什么。

老顺说："我啥也没说，说了，驴也听不懂，我是做给驴看的。我刚才拿着鞭子，它们就知道我是它们的领导了，我和哪头驴说话，哪头驴就觉得我和它格外亲近，就看不起别的驴了。旁边的驴看到了，会觉得我可能有什么好处给了那头驴，驴互相一猜疑，就都想得宠，互相较着劲呢，这时我鞭子一绕，只要有一头驴出来干活，其他驴就窝不住了。"

张经理开始佩服老顺了，他出了最后一道题，要是老顺通过了这一关，就说明他不光业务好，理论也好，这个职位就非他莫属了。最后一道题目是：假如你得到了这个职位，你在任期间总的工作思路是什么？

等老顺问清了啥叫思路以后，嘿嘿笑了两声，说："驴嘛，要让它服帖，你把他们当人来对付，就行了。"张经理都听愣了，他寻思，自己这个人力资源部让老顺去管，都绰绰有余啊！

(叫天子)

(题图：魏忠善)

盛大迎宾

槐树村青年农民马玉良,因培育出玉米新品种而名扬四海,来访者络绎不绝,他们夫妻两个真是接待得不亦乐乎。

这一天,马玉良忽然接到乡政府办公室李主任的电话通知。李主任是外地人,说话叽哩哇啦的,加上用语不简练,人们都叫他啰唆专家,这会儿,李主任在电话里叽哩哇啦地通知马玉良,明天下午将有贵宾来访。马玉良一听,什么省政协、省科委、省农委、市政协、市科委、市农委……乖乖,三十多个人哩,全是有头有脸的人物,这真是马玉良有生以来最盛大的一次迎宾。

说起马玉良,他平时一门心思扑在科研上,哪还有时间去搞副业,所以手头一向比较拮据,家里只能算个半温饱型的农户,更谈不上什么翻房造屋了。现在突然间有这么多贵宾进门,夫妻俩一时慌了手脚:家里这么窄小,客人来了往哪儿站呀?他和妻子商量来商量去,最后决定把两个屋中间的隔墙拆掉,把乱七八糟的东西都搬到邻居家去,腾出地方来估摸着能坐下三十多人了。两人说干就干。最后,东西都搬走了,望着空荡荡的屋子里那几条破板凳和几把破椅子,妻子建议说:"这样待客,无论如何也不行啊,我们不如在地上铺几条苇席,让客人坐上去,叫'坐席'。俺哥给孩子做'满月'就是那样待客的。"马玉良一听就摇头:"乱弹琴!你哥那算啥档次?这回是迎接高级贵宾,至少也得坐沙发。"

一提起沙发,夫妻俩可就为难了:这个村买沙发的农户自然不少,可要借的话就不是借一家两家啊!马玉良愁眉拧成疙瘩,左思右想,忽然想起镇上有家出租沙发的门市部,虽然租费贵些,然而为了迎接贵宾,贵就贵点吧。当下,马五良就和妻子拉上架子车直奔镇上。

忙到次日天将中午,还有最后两只沙发没有拉回来,马玉良和妻子顾不得擦汗喘气,又拉上车子准备去镇上。不料刚出家门,迎面看见一辆小汽车开到门前,"嗞"的一声停住了。马玉良猜想这一定是打前站的先来看一看,他嘱咐妻子先走一步,自己连忙迎了上去。

车门打开,先下来乡政府办公室的李主任,接着一位双鬓斑白、风度翩翩的老头子从车上跨了下来。李主任对马玉良说:"这位就是来专访你的贵宾。"马玉良连忙恭恭敬敬地把老头子和李主任迎进屋里,请他们在沙发上坐下。他不时地向大门外瞭着,暗下琢磨:电话里不是说来三十多个人吗?这么分批来,一会儿一个的,我端茶水可够忙活哩!

这时,李主任站了起来,笑着拍拍马玉良的肩,向他介绍开了:"小马呀,这位老同志是省政协委员、省科委委员、省农委委员……市政协委员、市科委委员、市农委委员……"他一连串报了老人三十多个职务。

最后说:"老同志不顾年老体弱,专程来看望你,这是对你的重视啊!怎么,你还不赶快招待茶水?"

马玉良一听惊讶地睁大眼睛,嘴上不好明说,心里连连责备自己:都怪我没听清啰唆专家的话,他在电话里呱啦了半天,原来是这老头的一大串职务啊!他顾不上招待客人,转身出门去追赶妻子,老远就喊:"哎——别去拉沙发了!贵宾只有一个,光棍一条!"

(白政栋)

(题图:顾子易)

识 坟

  国庆节要到了,今年跟往年不同,有关部门发起一场"寻找被遗忘烈士"的活动。根据记载,在当地就有这样一位"被遗忘的烈士"。于是学校领导想在国庆节这天,组织学生去祭奠这位烈士。

  听说国庆节这天,学生要来村里给烈士扫墓,年轻的村主任顿时慌了。村主任是个大学生村官,来自大城市。来村子之前,他查阅过本村的档案,记忆中好像是有这么个事,可这个墓具体在哪儿呢?于是村主任赶紧去找村文书打听。村文书想了半天才想起来,在村东头的荒岭上是有个烈士坟。

  两个人赶紧来到村东头的荒岭上,却一下子傻了眼,只见荒草丛生的土沟里,相隔不远竟然掩埋着两个小坟包。村文书这才想起来,当年村里还出过一个坏透了的狗汉奸，好像也埋在这儿。那个烈士没有亲属，汉奸也没有后代，两座坟都是年久失修，现在也分不清哪个是烈士的墓，哪个是汉奸的坟了。

眼见村文书分不清楚，村主任只好向村里一个上了岁数的老头打听。据老头说，当时之所以把两个坟埋得那么近，用意是为了让汉奸给烈士低头认罪的，所以当年烈士的坟头大，汉奸的坟头小。

村主任和村文书又回到坟头，去瞅了半天，可经过几十年风沙演变，现在两个小坟包看着大小都差不离，到最后也没敢确定哪个是烈士墓。

这可把村主任难住了，到时候学生们来扫墓，可他们却连烈士和汉奸的墓都分不出来，这可不是什么光彩事，要是被上边的领导知道了，不骂死他们才怪！

两人又想了半天，后来村文书想出一个主意，说实在不行，咱们在两个坟中间再立个空坟，坟前竖个石碑标注一下，这样既能把给烈士扫墓这事糊弄过去，还不至于把烈士和汉奸的坟给弄混了。反正这两个当中肯定有一个是烈士，隔着这么近，这就等于咱给烈士又起了座新坟，也不算弄虚作假。村主任一听，嗯，这个主意不错，就这么办吧！

很快建好一座空坟，石碑也竖起来，可新的问题又来了，原来根据当地风俗，建坟的时候要在坟后面栽一棵当地特有的小树苗，按照时间推算，现在烈士坟的后面应该有一棵碗口粗的树才对。

村主任看了看另外两个坟包，只见每个坟包后面都有这样一棵树，要想不让人看出破绽，看来也只能从它们当中选一棵移到这儿了。可选哪一棵好呢？村主任和村文书观察了一下，发现其中一棵树明显要粗壮一些，就决定把这棵移过去。

刚要动手移树，村主任却突然接到了乡里领导打来的电话，说烈士墓太分散，领导们到处跑，挺累的，经过研究，决定在国庆节前把这些没有亲属管理的烈士孤坟，都迁进烈士陵园，以后集中祭拜。

这个电话不亚于晴天霹雳，一下子把村主任震蒙了，我的天哪！这可怎么办？到时候让他们迁哪一个好？万一迁错了，把个汉奸迁去烈士陵园接受后人祭奠，那我们可真成了千古罪人！看来还是得把烈士墓和汉奸坟分出来，可到底怎样才能分出来呢？

就在两人一筹莫展的时候，上次那个老头牵着一头牛走过来，问明白情况后，老头走到一座坟包前说："这个应该就是烈士墓，到时候迁这座准没错。"

村主任听了不由得又惊又喜，连忙问他怎么分出来的，只见老头指着那两棵树解释说："从这两棵树很容易看出来，一棵要长得粗壮一些，而另一棵树比较起来要差不少，由此我判断粗的这棵树前面肯定就是汉奸坟。"村主任一听顿时泄了气，这没什么道理嘛！

见他不相信，老头就认真地跟他分析起来：当年村里人人都痛恨狗汉奸，我们那时候虽然年纪小，但经常听大人说坏人是要遗臭万年的，于是我们在这儿放牛的时候，就都争着往汉奸坟上撒尿拉屎，看到畜生要拉屎也都往这儿赶。时间长了，连这儿的草都比别的地方长得茂盛，所根据这一点我断定，这棵粗一点的树前面肯定就是汉奸坟了。

村主任和村文书听了不由得面面相觑，这话虽然听起来有一定道理，可毕竟影响树生长的因素有很多，单凭这一点来判断，心里还是有些不踏实啊！

老头见他们还是不相信自己，就又想了想，说他还有一个方法，可以证明他的判断没有错。村主任赶紧问他还有什么办法，老头一边四处看一边说："当年我们出来放牛或者放羊，大多都领着家里的狗，看到它们要撒尿拉屎也往这儿赶，狗这东西通人性，次数多了，它们好像都有了条件反射似的，只要是在这附近，一般就会来这个地方解决。"

说到这儿老头叹了口气，又接着说："唉！其实这些畜牲在有些方面比人还强呢！它们是小的跟着老的学，一代传一代，在汉奸坟头拉屎撒尿几乎成了它们的一种习惯，多少年来一直没变。这些牲口都能分得清哪个是烈士墓，哪个是汉奸墓，而领导却分不清了，不管领导是否分得清，咱老百姓心里面一直记着烈士呢。"

正说着，老头突然兴奋地喊起来："快看！快看……"村主任和村文书赶紧抬头一看，只见一条老狗正飞快地向这边跑来，果然跟老头说的那样，径直跑到了那棵粗壮的树前，迫不及待地翘起了一条腿……

(滕　飞)
(题图：谢　颖)

谁的心脏需要支架

老师累病

这天,梁老师面色苍白地勉强讲完最后一道题,就倒在了讲台上。送到医院后,经过急救,终于脱离了危险。医生证实梁老师得了严重的冠心病,必须马上做手术,放心脏支架。

医院对梁老师的手术很重视,安排了著名的心脏介入专家韩医生负责手术,他们介绍说,韩医生水平很高,每年都要做三四百例心脏支架手术呢,梁老师听了,自然很满意。

韩医生拿着各项检查结果,认真研究了好久,然后他指着病灶位置,告诉梁老师:根据检查情况,做心脏支架手术是比较理想的,但至少需要放置三个心脏支架,才能保证血管的血流畅通。梁老师两口子瞪大眼睛看着,竖着耳朵听着,但什么也不懂,一脸茫然。

韩医生问他们选用进口的还是国产的,国产的每个一两万,进口的每个三万。不等梁老师开口,梁师母断然说道:"当然是选进口的,要最好的,咱不差钱!"韩医生赞叹道:"像梁师母这样理智决断的女同志,真的不多见!"

医生退钱

手术的前一天下午,梁师母准备了一个五千元的红包,并且拿笔写上了梁老师的名字,想要送给韩医生。梁老师对此很是不满,嫌老婆送得太多了。老婆没理会他,反而责怪道:"你这个吝啬鬼,也不看看现在这世道,要钱不要命啊!"她一直等到韩医生办公室没人了,才走了进去,先和韩医生寒暄了几句,又谈了谈明天的手术,临出门时,她一回身拉开韩医生身边的抽屉,把那个红包快速地放了进去。当时,韩医生只顾看着手中的病历,似乎并没有注意到梁师母的这个举动。

回到病房后,梁师母十分高兴地对梁老师小声说:"我办完了,一切顺利!"梁老师听后只是无奈地苦笑了一下,也没有作声。

谁知第二天一大早,韩医生就把昨天那个红包退了回来,他说:"我从来不收病人的红包,何况是您梁老师。哎,对了,我还听说您是在上课的时候心脏病发作,昏倒在课堂上的,真令人感动啊!"韩医生的敬佩之情溢于言表,梁老师颇有些意外,也有些兴奋。他摇摇头,喃喃地说:"教书育人,职责所在,应该的!"而梁师母却很冷静,她坚决不收韩医生退回来的红包,一再说这是一点心意、是人之常情,他们不能不懂规矩。

看梁师母态度如此坚决,韩医生只好无奈地笑了,他告诉梁老师:"说来也巧,我儿子韩涵,就是您的学生,昨晚回家才听他说,他们的梁老师生病住院的事。您说,孩子让您辛辛苦苦都快带三年了,这还有什么话说?"梁老师一听也很意外,他马上拍着大腿说:"哎呀,原来您是韩涵的爸爸呀,倒是听他说起过您,以前只见过您的夫人。"自然而然的,梁老师又忙不迭地把韩涵夸了一遍,说韩涵这孩子学习好,聪明懂事有前途,又客气地恭维了韩医生几句,说他医德高尚、仁心仁术,出淤泥而不染,绝对是当之无愧的济世良医。

既然有了这种关系,梁师母就勉强接过了韩医生退回来的红包,她拉着韩医生的手,不停地说:"老梁就交给您了,您看怎么好咱就怎么办吧!"韩医生满口答应着,关照了几句,就回去准备手术了。

同室的病友大为感动,其中有人是晨报一位记者的亲戚,就把这好老师、好医生的事迹提供给了晨报。

八个支架

梁老师被推进了手术室,虽然韩医生说手术时间不长,病人基本没什么痛苦,可是梁师母在手术室外等着,还是忐忑不安。而一想到韩医生是梁老师的学生家长,让她多少也感到了一点宽慰。

手术刚进行了一半,手术室的门突然打开了,韩医生面色严峻地走了出来,他举着戴了手套的双手,让护士给他摘下了口罩的一边,随后就疾步朝梁师母走了过来。这时候,梁师母的脑袋"嗡"的一声,以为梁老师出了意外,吓得两腿发软,想站都站不稳了,只是紧张地看着韩医生。韩医生眉头紧皱,很严肃地对梁师母说:"梁老师的病情,比大家预计的严重得多,冠状动脉粥样硬化得厉害,形成了多个粥样硬化斑块,情况很不好!"

这话一说,吓得梁师母眼圈一红,声音颤抖着问道:"那咋办啊?有没有生命危险?"韩医生直截了当地说:"病人出现这种情况,当然有危险,而且危险系数还比较高。"看梁师母浑身发抖,韩医生又安慰她说:"您先别紧张,办法还是有的。"梁师母一把抓住韩医生的手,就像抓住了一根救命稻草:"韩医生,您说怎么办?我听您的!"

韩医生无可奈何地说:"根据他的情况,只有增加心脏支架了!"梁师母连忙拽着韩医生的手:"该加,加!别想着给我们省钱,千万拜托了!"韩医生点点头,又回头告诫梁师母,账上的资金现在一定要充足,人命关天的大事,这时万万糊涂不得。梁师母一听,忙不迭地说:"好的,好的,我马上去转!"

等梁师母气喘吁吁转款回来没多久,韩医生又急急忙忙出来了,他告诉梁师母说:"还是不行,还得加。"一边说一边还摇着头。梁师母连忙说:"该怎么弄,您就自己做主吧,不用出来跟我商量,我们信任您!"

韩医生第三次出来的时候,是跑着出来的,一见这样子,梁师母靠着椅子,捂着胸口,说不出的紧张和害怕。韩医生焦急地说:"还有钱吗?还得加!"梁师母惊呆了:"韩医生,加了几个了?这都好几万了呀!"

韩医生恼怒地说:"这都到什么时候了,还能只想着钱?人没了,钱还有什么用?最后几个如果不加,前功尽弃!"

梁师母小心翼翼地问:"加这么多,那得有多沉呀?"韩医生耐着性子,给她解释说,一个支架,直径2—4毫米,重量不足万分之一克,给梁老师用的是最先进的进口器械,不会有问题。他又开导梁师母:"越是到了这个时候,越是要信任医生,进医院动手术,不信医生还能信谁?"梁师母勉强说道:"好吧,我再去转钱,家里还有不到十万块钱,够了吗?"韩医生咬咬牙,很为难的样子,想了想说:"应该够了!"

一个小时后,梁老师顺利地出了手术室,韩医生也终于露出了笑容,他满意地告诉梁师母:梁老师的手术非常成功,24小时后就可以下床,一般术后三天即可出院。还说这种高科技的手术,疗效立竿见影,能够有效消除死亡的威胁,花多少钱都是值得的!梁师母如释重负,拉着韩医生的手,千恩万谢,激动地落下了两行眼泪。

三天后,梁老师果然顺利出院了,账户上梁师母先后存入的二十多万块钱,刚好花光。梁老师看着手里的单子,喃喃地说:"八个心脏支架!人心都是肉长的,放了八个金属支架,我岂不成了铁石心肠?"梁师母用胳膊轻轻杵了他一下,害怕被医生护士们听见。两口子对着来送行的韩医生千恩万谢的,不停地感谢着他的救命之恩。

就在这天,晚报也发表了该报记者"冷猫"的报道:《老师教书育人累倒课堂,医生治病救人医德高尚》。

病人投诉

可没过几天,梁老师两口子的感激之情却来了个一百八十度的大转弯。原来,梁老师偶尔咨询了一个外地心脏专家,那专家了解了梁老师的病情后,对于他被装了八个心脏支架,感到十分不解。梁老师马上查阅了大量资料,又请教了几个专家,得出结论是:根据梁老师的病情来看,根本不需要装那么多支架!

这下,梁老师立刻就把韩医生告到了纪检委、告到了卫生局,控告他不顾病人安危,为追求高额回扣,强行给自己安装了八个心脏支架,过度医疗的行为令人发指。这种行为不仅让病人为此支付了昂贵的医疗费用,而且还要承担后续不必要的痛苦和风险。梁老师最后说:据内部人士透露,仅他一例手术,韩医生就可收受高额的回扣。由此可见,治病救人的良好医德医风已被其败坏至极!

有关部门接到投诉,立即启动了对此事的调查。媒体风闻,也立即予以详细揭露。晨报记者冷猫更是紧追不舍,根据对梁老师的全面采访,又写了长篇报道,题目改为:《老师教书育人累倒课堂,医生支架搂钱塞满心脏》。该篇报道一出,立刻把声讨黑心医生的气氛推向了高潮。为了表示气愤,人们纷纷称呼韩医生为"韩八爷"。

很快,调查结果就出来了,基本证实了梁老师对韩医生的投诉事实,再加上强大的社会舆论的压力,韩医生最终被停职了。

也就在这个时候,怪事来了:一天,记者冷猫想要进行跟踪报道,到了梁家,却吃了梁老师的闭门羹,这和他先前的积极态度截然不同。冷猫不想放弃形象反差这么大的素材,就决定到梁老师的学校侧面采访一下。没想到到了学校,却大大出乎他的意料:学校领导和老师,均对此事讳莫如深、缄口不语。

冷猫大为不解,同时又心中大喜:莫非又有大题材?

冷猫蹲守在学校外面好一会儿,终于,教务处主任出来了,冷猫连忙迎了上去。教务主任什么也不说,只是私下请求冷猫,千万别再问、别再写了,事情闹这么大,学校领导已经焦头烂额了。冷猫很不解,这是怎么回事?学校出了一个呕心沥血、教书育人的光辉形象,应该是个好事啊……

幕后文章

好吧,既然学校不说,那就见见韩医生吧,看看有没有幕后文章。冷猫千方百计联络到了韩医生,两人约好了在迪欧咖啡馆见面。一见面,冷猫就坦率地自我介绍说:"我叫冷猫,那篇报道就是我写的。"韩医生并没有显出丝毫气愤的表情,他不以为然地说:"我当然知道,否则,也不会拒绝了所有媒体,只接受了你一个人的采访!"

哦,既然这样,冷猫也就不再兜圈子了,他试探着问韩医生:"梁老师突然莫名其妙地拒绝了所有采访,你知道这是为什么吗?"韩医生喝了口咖啡,淡然一笑:"你猜对了,我让他封口的!"

证实了自己的猜想,冷猫立刻愤怒起来,他质问韩医生:"你不觉得这样很丑陋吗?这是暴力威胁!"韩医生一愣,摇摇头:"我没使用暴力,那样的方式很没有文化!"那如何让他闭嘴的呢?韩医生解释说:"我只是告诉他,再胡说,就把他的丑事揭出来!"冷猫一听,身子不由自主地坐直了。

韩医生告诉冷猫,梁老师犯病,其实并非是在学校的课堂上,而是在私下补课时。大家都知道,这是严格禁止的。韩医生讽刺冷猫说:"所以,你标榜的这个呕心沥血、教书育人的形象,其实是假的,原本也是很丑陋的!"冷猫还有些不信,韩医生告诉他,自己的儿子韩涵,就是梁老师的学生。梁老师在平时正规大课堂上故意有所保留,把重点内容、重点题目都放在节假日的"小课堂"上讲,这种私下补课,已持续数年,每个学生家长为此都要缴纳不菲的补课费,这还不算逢年过节的"孝敬"。韩医生有些气愤地接着说:"那个梁师母还厚颜无耻地亲口告诉我一二十几万的手术、器械费,也不过梁老师一年的补课收入。一个支架三万块，老梁上课少讲一道题就都有了，所以他们不差钱！"

冷猫含蓄地问韩医生："你就是因为这个，才为他装了那么多心脏支架的吗？"韩医生马上警觉起来："当、当然不是，那是他的心脏确实需要！"冷猫大声质问："确实需要？确实需要整整八个支架吗？"韩医生还在无力地辩解，冷猫讥讽他说："或许你是想争取个吉尼斯世界纪录，想一举成名？现在，你已经一举成名了，成了臭名昭著的韩八爷！"韩医生低下了头，沉默不语了。

冷猫招呼服务员结了账，站起身来最后对韩医生说："你也该给自己的良心安个支架了——如果它尚未泯灭的话！"

男人怕猫

冷猫当即将采访到的幕后文章在晚报作了披露，题目又改了几个字——《老师补课吸金累倒课堂，医生支架搂钱塞满心脏》。

此消息一出，又是一场轩然大波。教育部门率先表态，对梁老师的行为给予了严厉斥责，承诺一经查实，立即按照规定予以清退，为净化教师队伍，绝不留情！

很快，梁老师被清退出了教师队伍，他所在的学校，也因此事受到了上级的严厉批评和追查。

后来，韩医生在一家民营医院找了份工作，可病人们要做手术时，一看是那个臭名昭著的"韩八爷"，宁死也不肯让他做，立刻纷纷转院。看到这种情况，不等院长开口，韩医生便识趣地主动辞职回家了。

而梁老师呢，他却始终没工夫出去找事做，干脆就一直呆在家里，因为他在家有了极为重要的工作：他在家里设了个佛龛，每天按时虔诚地烧香拜佛，不过他求佛保佑的内容不是发财，也不是升官，而是为了他心脏里的那八个支架。

有人拿这两人的姓氏开玩笑，说一个姓梁、一个姓韩；一个冰凉、一个严寒，都够冷的。第二个共同点，就是两人对金钱的追求，却都够热的！后来人们发现，他俩不知从何时起，有了第三个共同点：两个大男人，竟然都患上"恐猫症"，也许，这是因为那个记者叫冷猫的缘故吧，他们莫名其妙地怕起了猫，不管是什么颜色的猫……

(鹿　鸣)
(题图：杨宏富)

一物降一物

东乡电管站站长董湘吾,人称"东乡虎"。每年春节,各村各寨大小企业,凡是用电的,都得请他吃喝一顿,谁要是少了这顿酒宴,到了关键时刻,他就掏钥匙打开配电室门,"咔嚓"一拉电闸,保管叫你光明一片转为黑暗。

话说张村有个叫严力行的年轻村长,偏偏不信这个邪。他年初上任,到年底了还不邀请董湘吾来检查指导。这一下可摸了老虎屁股,这不,董湘吾吃到腊月二十五,酒肉断顿,一肚子怨气全泄在严力行身上:"好你个姓严的,你一带头,断了我五天好吃好喝,我不给你点颜色瞧瞧,你不知道马王爷长了几只眼。"

这天天一黑,董湘吾就带着钥匙,来到张村,打开配电室门,一伸手"叭叭"两下,把张村的照明电、动力电全拉了,可怜张村家家户户只好点蜡烛、煤油灯过一个晚上。第二天就急坏了村长严力行,照明用电停了,可以点蜡烛、煤油灯;动力电停了,那可不是闹着玩的。村办企业用电扔在一边不讲,单说全村三千多口人吃水都无法解决,南北两个大水塔,没有电,怎么抽水呢?

村民们没水吃,急得嗷嗷直叫。有的骂东乡虎横行霸道,做事缺德,腊月黄天停村里的电。有的埋怨严力行做事死板,为了一顿酒席钱,得罪东乡虎不值得。更多的人干脆给严力行出主意:"他不给我们村供电,我们就联名告他!"

严力行从电一停,就知道是董湘吾上门找茬了。这天一大早就赶到电管站找到董湘吾:"董站长,你能不能把电先给我们供上?"董湘吾呷上一口刚泡上的热茶,一句话把门封得死死:"不行,你们村线路有问题,春节供电不安全,暂时不能供电。"说完,满脸露出古怪之色看着严力行。

严力行明白他打官腔是等待着自己开酒肉宴席,所以故意赔笑脸绕弯子说:"有问题,你马上派两个人跟我去检修嘛。"董湘吾鼻孔里哼了一声:"检修?人在哪儿,今天都腊月二十八了,站上人除了值班的,都放假回家办年货了。谁知道三五天修得好吗?等过了正月初五再说吧!"

好!算你厉害。严力行见他一推二五,拿起一张《参考消息》,下了逐客令,知道再求下去也是白搭,只好一跺脚走出董湘吾的办公室,站在院子中心扔下一句话:"我们明天电力局见。"

董湘吾望着他远去的背影,得意地说:"愿告你去告吧!线路有问题,告到局长跟前也得检修好了才能供电。"

可好,张村又一晚上摸黑。不出董湘吾所料,第二天早晨他刚上班,张村就来人了。不过,来的不是村长严力行,而是村敬老院一位八十高龄、走路颤巍巍的李老头。董湘吾一见老人手中拎着个鼓鼓的小布口袋,拄着龙头拐杖,蹒跚地走进自己办公室,便有些吃惊地问:"老李头,你来干啥?"李大爷把布口袋往董湘吾的办公桌上一顿,冲董湘吾作了一揖说:"董站长,我来求你给我们村供电了。"董湘吾的火"噌"地蹿上脑门:"癞蛤蟆打呵欠——好大的口气。老李头,家有家长,村有主任,要找找你们严村长去。"老李头来了个直言不讳:"我们严村长已上电力局告状去了,不在家。"

董湘吾更是来火了,他叫道:"好哇,现在就是天王老子来,我也不给电!"

董湘吾暴跳如雷,哇哇乱叫,李大爷却趁势挪过一把椅子往他办公室门口一堵,坐在椅子上摆出了"一夫挡关,万人难进"的架子说:"你不答应给电,那我就只好不走了。"

董湘吾从办公桌下抓出一个暖水瓶说:"那好,你在这等着,我去弄壶开水来,咱爷俩边喝水边聊天,陪你坐到大年三十也行,反正,你又坐不垮我们这地皮。"

谁知,他刚走到门口,就被李大爷一伸手拦住:"哎,你今天不能出这个门,更不能去灌开水喝。"董湘吾一脸诧异,忙问:"为,为啥呀?"李大爷说:"我们村三千多口人没水吃都不给电,这会儿你一人渴点算个啥?"

这算什么话!堂堂一个东乡虎,居然让敬老院一个糟老头子软禁了,这还了得。董湘吾不禁勃然大怒,门外一声吆喝:"来两个人,把这个糟老头子给我架走。"还没等应声而来的两个电工靠近,李大爷"嚯"地往前一站,哈哈大笑道:"来呀,你们谁把我这个糟老头弄趴下了,我不愁没儿女伺候养活了不说,说不定连安葬费也给村里省下哩。嘿嘿,你俩退回去干啥?"

不软不硬的威胁,不但吓退了欲上前帮忙的两个电工,也给董湘吾敲了警钟:对,这个孤寡老头是万万碰不得的。你碰他胳膊,他会说腿疼,摸一下肚皮,他说心脏都有毛病,不能玩。又一想,自己年轻力壮,还挺不过一个糟老头子吗?不由挥挥手,让电工回去,自己稳稳地坐回办公桌后面,隔着桌子和李大爷对峙起来了。

董湘吾哪里料到,李大爷来之前是吃饱了肚皮喝足了水来的。而他早晨起来却水米没沾牙,加上闲得无聊一支支抽烟,两三个小时过去,已觉得口干舌燥,头昏眼花了。一直挨到站上开中午饭,董湘吾这才站起来招呼老人:"李、李大伯,我们都去吃饭吧。吃饱了肚子,你再和我来打憋劲也行。"李大爷不慌不忙,将办公桌上的小布口袋一推说:"哪能让董站长饿着哩,你的中午饭,我们敬老院昨晚都给你准备好了。喏,拿去吃吧。"

董湘吾半信半疑打开口袋,一看就傻眼了:"怎么,你、你让我吃炒、炒面?"李老头振振有词:"三千多口人都快吃炒面了,怎么你吃不得?"

"这——"董湘吾正满脸沮丧,无言以对时,李大爷的背后又来了位没门牙的老太婆,也拎着个小布口袋走进办公室,将小布袋朝他办公桌上一放,转过身对李大爷说:"老李头,我来换你的班了,快回去吃饭吧。""好,"李大爷点点头,站起身一本正经地关照道,"小香子,你可别心慈手软,不能放他出去喝水吃饭哟。"

被唤着小香子的老太婆,咧开没牙的嘴说:"老李头,我不会亏待董站长的,他不吃炒面,就请他吃炒米。按我们合计好的什么时候供上电,什么时候再让他去喝水。反正我们敬老院六个孤男寡婆,平时老受村里人恩待,又没啥报答,这一回逮着了机会,哪能忘恩回去。你回去叫老王头,四点钟准时来换我。"

两位老人在门口一唱一和,董湘吾听了暗暗叫苦。听这口气,张村敬老院这六个糟老头死老太,是想和自己打持久战啊!这些个人,一个个黄土都齐下巴半死不活了,和他们硬上,招惹出个三长两短,有好果子吃吗?加上现在渴了,饿了大半天,他浑身如油条泡进豆浆里——全软了。没等老李头走到大门口,就推小车扭屁股——不由自主跳起来,气短仓惶地喊:"李、李大爷,别、别走,我马上带人去给你们村推闸刀供电,千万别回村再叫人来了。"

等严力行到县电力局告完状赶回村里,村里的水塔正汩汩进水哩!当他得知,是敬老院的老人想出的办法,便马上来到敬老院,一一握着六位老人的手,哭笑不得地说:"嗨,我到县电力局告状一时都难解决的问题,叫你们半天时间就解决了。这真是卤水点豆腐——一物降一物呀!"说得大伙哈哈大笑起来。

(刘金泉)
(题图:蔡传生)

都是电脑惹的祸

儿子杰作

清水县财政局有个叫李守义的公务员,此人办事勤快,规规矩矩,不善张扬,他在财政局干了二十多年,还是个主任科员。如今官场上流行一句话:三十七八,等着提拔;四十七八,等着回家;五十七八,养鸟种花。李守义今年已经四十六了,用他的话说,这科员要当到退休了。

他觉得自己已没什么盼头了,就把全部希望寄托在儿子身上。他儿子今年读高三,小伙子比他老爸可机灵多了,望子成龙心切的李守义省吃俭用,攒了些钱给儿子买了台电脑。从此他儿子一有空就趴在电脑前,也不知道鼓捣些什么名堂。

这天，李守义一下班，顺手把单位里发的一本杂志扔在茶几上。儿子拿在手里胡乱翻着，口里还念出了声："省委副书记李守仁同志看望下岗职工……老爸你快来看！"李守义凑过去一看，见杂志上刊登着一张彩色照片，一位领导站在中间，打着手势作指示，身边围了几个下岗职工，李守义说："这有什么好看的？"儿子神秘兮兮地说："这个副书记的名字跟老爸你就差一个字，像哥俩。"李守义瞪了儿子一眼："小孩子说话，别没大没小！"

一个星期后，儿子放学冲进家门，从书包里拿出一张照片，凑到李守义面前，说："老爸，我让你看一件好东西！"李守义接过照片一看，顿时大吃一惊，原来这照片是几年前他和小舅子在泰山南天门的一张合影，不知怎的，小舅子的头被换成了那位看望下岗职工的省委副书记的头。他惊讶地问："这是怎么回事？"儿子冲他扮了个鬼脸说："老爸，我说你落伍了吧？这就是电脑的妙用！""咱家的电脑还能搞出这东西来？""咱家的电脑没有彩印设备，这是我让同学给印的。"

李守义一听就发火了："你这孩子怎么这样？我给你买电脑是让你学习的。你说你都高三了，心思不往学习上用，宝贵的时间全花在这些恶作剧上……"李守义的老婆一听他骂儿子，就从厨房里冲了出来，一边往围裙上揩手，一边问："干什么，干什么？你老冲孩子喊什么？不就一张照片嘛？我看看……这不挺好吗？明天拿到单位里给他们看看，咱孩子也会玩高科技了。"

李守义听了只轻蔑地笑了一声，没有说话。第二天一上班，李守义伸手到口袋里掏烟，手触到一样东西，掏出来一看是那张照片，他知道这准是老婆搞的名堂，心想这点雕虫小技就叫高科技？这也值得在同事面前炫耀？他觉得无聊好笑，就顺手把照片往桌上的文件堆边一丢，埋头办公了。

下午,同事张大姐在他的桌子上翻报纸,一眼就瞅见了照片,问:"老李,这人是谁呀?"李守义顺口说:"你看像谁就是谁。"几个同事闻声围过来,七嘴八舌地议论着这张照片,一个说:"我怎么瞅着这人眼熟呀……对了,昨天晚上省电视台的新闻上露过面。"另一个说:"没错,就这张脸,叫什么来着?""省委副书记李守仁!"顿时办公室里热闹起来了,大伙冲着李守义说开了:"好你个老李,跟省上的大官是亲戚!这么多年,硬是跟大伙儿保密呀!这是你哥吧?"李守义本想解释一下,当他见大家如此吃惊的表情,突然冒出想逗一逗他们的念头,于是就不置可否地笑了笑。张大姐说:"守义呀,这么重要的照片,你怎么乱丢呀!"说罢郑重其事地把它压在了玻璃板下。

晚饭桌上,李守义把这事当笑话给老婆儿子一说,一家三口哈哈大笑了一阵子后,李守义一本正经地对老婆说:"明天上班,我得把你宝贝儿子的所谓高科技西洋镜拆穿。开玩笑也要适可而止,要不人家会说咱们厚着脸皮吹牛。搞不好犯政治错误哩!"谁知新闻联播还没看完,就有人敲门,开门一看,是同事小马。这小马是负责分发福利物品的,也不知道是不是存心,几乎每次分到李守义手里的东西都比别人差,李守义对这小伙子也没什么好印象,只是不冷不热地招呼着。小马却一屁股坐进沙发,东拉西扯地说闲话:"老李呀,像您这种有修养的人,其实把官场里的事看得很淡的,不过到了您这个年龄段,一般都比较看重孩子,把希望都寄托在下一代身上。咱大侄子学习怎么样?有您这样的遗传基因,成绩保准没错。"李守义淡淡地说:"中不溜儿吧,谁知道明年考不考得上。现在这社会,没个文凭可不好混。"小马说:"县一中的情况我熟,在哪个班?""高三(5)班。""哎呀,老李你真是的,这个情况你应该早让我知道么,学校的情况你不清楚,一班、二班是重点班,其余的都是普通班。这普通班和重点班相比,师资力量、教学水平、班级风气差得多了。你怎么把大侄子摆到那个班去了?""哪是我摆的么?是按分数进的,我儿子的成绩离进重点班还差一大截呢。学校老师说,分数面前,人人平等。""这年头哪有平等的事?我可以给你想想办法。"李守义心想今天邪门了,竟然有人主动上门来给我帮忙,这时小马突然冒出一句:"老李,听张大姐说,你有个亲戚是省委副书记?"李守义觉得好笑,刚要解释,他老婆悄悄踹了他一脚,然后叽叽喳喳向小马说道:"哎呀,小马,我们家老李还真有这么个亲戚,不过亲戚远了,多少年也没来往。老李这个人的性格你也知道,不爱张扬,孩子进重点班的事就烦你多操心。事情办成了,嫂子定有重谢,在聚馨园摆一桌怎么样?"小马说:"嫂子你这就见外了,咱们谁跟谁?县一中的校长是我姨父,办这事我想是有把握的。我年轻,今后工作上的事还要请李大哥多关照呢。"

小马一走,李守义就埋怨老婆:"你叽叽喳喳胡说个啥?今后还叫我怎么做人?"老婆嗓门比他高:"怎么啦?不就到学校换个班么,还影响到你做人了?告诉你,你的事再大也是小事,儿子的事再小也是大事,你不看刚才的情形,我不承认这个假亲戚,他肯真心替你办事?事情办完了,请他吃顿饭不就完了?有什么呀?"

然而事情绝非他老婆想的那么简单,儿子倒是进了重点班,可县政府大楼却震动了,前来瞻仰照片的人络绎不绝。有人借口倒水,有人借口找人,有人借口问事,还有的人什么借口也不找,进门就直嚷嚷:"李守义,你这家伙真有两下子,这么多年愣是深藏不露,整个一个地下党么!"此时李守义抱定宗旨:任凭他们对着照片评头论足,就是一言不发。

一天早上,李守义在楼道里和顶头上司杨局长打了个照面,杨局长满脸堆笑亲切地问:"守义,最近忙吧?"李守义嘴上应着"不忙不忙",心里骂道:我忙不忙,你还不知道?平时见了面,都是板着面孔,爱理不理的,今天太阳从西边出来,连称呼都变成"守义"了。回到办公室,坐在椅子上,抽了一支烟,喝了一杯茶,他终于琢磨明白了,都是那张照片闹的,他暗自笑道:儿子的恶作剧,倒把老子在局里的地位提高了。他妈的,这帮势利眼,我就不把真相说穿!

将错就错

几天后的一个早上,一上班,杨局长亲自来到办公室,神秘兮兮地把李守义叫出来:"守义呀,县委刘玉峰书记要找你谈话,你大概是时来运转了。"两人到了刘书记的办公室,刘书记让两人坐下后,寒暄了两句,就问道:"守义同志,听说省委李副书记是你哥?这么多年了,你还真能守口如瓶。李守义一听就急了:"不是,不是,那不是我哥,同志们搞误会了……"刘书记笑着打断他的话:"啊,那就是堂哥?堂哥也不错么。是这样的,省上给咱们清水县定了一个啤酒花生产基地的项目,论证会已经开过了,这事儿就八九不离十了,谁知半道上杀出个程咬金,邻近的西河县却想把这个项目从咱们手里挖走,使出了绝招,有老乡的找老乡,有同学的找同学。我们几个主要领导扯了一下,认为你有这么个亲戚,是咱们县的宝贵资源啊!现在交给你一个光荣任务,你去找你那位堂哥说句话,把这个项目敲定了。具体的事宜由杨局长给你交代,我只提一条要求:只许成功,不许失败!这个项目对咱们县的经济发展可是举足轻重的。"

李守义听到这儿,吓出了一身冷汗,心想这玩笑也开得太离谱了,忙说:"刘书记,您听我说,您这个任务我实在没法完成……""怎么?有什么困难可以提么!"杨局长忙按住李守义不让他说话,抢着说:"刘书记,我说句不该说的话,守义是个好同志,在局里勤勤恳恳干了二十多年了,您看守义的工作是不是该变动一下了?"刘书记不假思索地说:"可以考虑么,只要项目拿下来,这都是小事一桩!"杨局长拉起李守义的胳膊说:"守义,领导把话都说到这个程度了,你还推辞什么?我们走吧,刘书记挺忙的,不能打扰了。"他不容分说地把李守义拽出了办公室。走在路上,杨局长拍着李守义的肩膀,作出一副语重心长的样子说:"守义呀,不是我批评你,这么好的机遇摆到你的面前,你还推三推四,别人想要这么个机会怕还没有呢!你赶快回家准备一下,明天上省城!"

李守义一回家,冲着老婆就怒吼,老婆问明了事由,一拍巴掌乐了:"我说你没用,你还不服气。这年头,吓死胆小的,撑死胆大的。到这分儿上了,你绝不能说那照片是假的!说出来,领导恼羞成怒,不把你整死?他说堂哥就堂哥,谁有胆子到省委书记面前查证落实去?你就含糊其辞地承认下来,至于要办的事情嘛,编个理由推掉算了。有这么个假堂哥,你在单位里混得或许还好一些。"

李守义觉得老婆的话也有些道理。下午一上班,他就找杨局长说:"我这个堂哥脾气很怪,他三令五申不准我对外人说我们这层关系。"杨局长宽厚地笑着说:"那是那是,省上领导严格要求自己的亲属,可以理解么。"李守义见推不掉,又编道:"我跟这堂哥多年不来往了。"杨局长一听,脸上笑容没了,说:"老李,你是不是要给我摆架子?前几年你们还在南天门合影呢,这会儿怎么又说多年不来往?你放心去办,不会亏待你的!"说着,从抽屉里拿出一个牛皮纸袋,"这是明天上午十点四十的软卧火车票,明天局里派小车送你到车站。"他又从抽屉里拿出两叠百元大钞说,"这是两万元现金,你带着。"李守义大吃一惊:"你、你让我去行贿?我可不敢!"杨局长哈哈大笑:"我说守义,你真是个大傻冒,区区两万元,想收买一个省委副书记?你别丢人了,这点钱,顶破天也就能收买我这么大的芝麻官。你到省城,见了你那位堂哥,要联络感情,怎么也得请人家一家人吃顿饭吧,你知道星级饭店一桌得多少钱?酒的档次不能低于五粮液吧?你们哥俩几年没见面,你上人家家去,不能空着手吧?你拿这钱买一两件书画作品,要不就是高档一点的文房四宝,现如今的领导就兴玩个高雅的,具体买什么你灵活掌握。我给你算了一下账,两万元紧打紧。县领导有指示,不用发票。"李守义今天算是开眼了,他在财政局这么多年,基层单位花个百八十块钱,领导都要搬文件,这会儿两万块现金捏在他手里,还不用发票。

回到家,李守义心里是十五只吊桶,七上八下,只得向老婆讨主意。老婆说:"放心去,到省城里玩上三五天,回来说说饭也吃了,东西也送了,你那堂哥原则性强,不肯松口,这又不是咱们贪污,是领导硬要给的,你怕什么?"

意外收获

李守义忧心忡忡地来到省城,无心观赏繁华的市容和高楼大厦,也没敢去住星级宾馆,在省委招待所住下后,就到省委门口转了几个圈,只见小车出出进进,他呆呆地看了一个多小时,又回到招待所,躺在床上望着房顶发愣。这一夜,他躺在床上,翻来覆去睡不着,先是骂儿子:都是这坏小子,不好好学习,一天到晚搞这歪门邪道,害得老子受此煎熬。接着骂老婆:都是这个蠢婆娘,净出馊点子,就会在家里叽叽喳喳,你以为当官的那么好糊弄？我上哪去找个当大官的堂哥？他几乎一夜没合眼，早上起来，头都沉沉的。洗了脸，刷了牙，也没心思去吃早点，继续躺在床上发呆。忽然听见服务台有人吵架，一男一女，女的是服务员小姐，那男的是西河口音。两人声音起伏缠绕，听不清吵些什么。猛的，服务员小姐冒出一句"你们西河的人事情就是多"灌进了李守义的耳朵里。他一骨碌翻起身来，直奔服务台。只见那个操西河口音的是个戴着眼镜的小伙子，他因为同房间的人晚上打呼噜太厉害，要求换房。服务员小姐不同意，这才吵起来了。

李守义主动上前与小伙子打招呼。两人客套几句，小伙子很有风度地递上一张名片。李守义接过一看，上面写着"西河县政府办公室主任贾宏"。他心里暗喜，于是又是递烟，又是自我介绍，然后说："我那还空一张床呢，搬过来吧，西河、清水，咱们还是近邻呢。"等小伙子过来后，李守义又拉上他到饭馆吃饭，还抢着付了账。回到房间，两人扯了些闲话后，李守义又说："听说你们西河县搞得不错，要上个啤酒花基地？"小伙子一拍大腿，打开了话匣子："嗨，别提了，我就是为这事来的。我们县的那几位县太爷，都是老土！观念陈旧，思想僵化。他们还以为是十年八年前的形势呢，上个项目，找领导批个条子就能算数。如今上面决策讲究个科学化，论证会一开，结论谁都不敢推翻。要做文章，你早点下手呀，论证会都开过了，你打发我们这些人出来瞎跑，那不是瞎子点灯白废蜡吗！还是你们清水人聪明，项目到手了，稳坐钓鱼台……"李守义插话问："这么说，这个项目是清水的了？""是呀，没跑！"李守义听他这么说，乐得差点喊出万岁来。两人又扯了一阵子，李守义试探着问："听说是省委副书记李守仁分管这事？"小伙子说："你别听他们胡扯，守仁书记就不是分管这一段的，再说了，他今天领着一个考察团去欧洲了。"李守义心中暗暗叫道："此乃天助我也！"

第二天早上，估摸着刘玉峰书记已上班了，李守义拨通了刘书记的电话，按照昨天晚上打好的腹稿，先卖个关子："刘书记吗？我遵照领导的指示，饭也请吃了，东西也送了，可是守仁同志今天率领一个考察团，飞到欧洲去了。"电话那边，传来刘玉峰吃惊的声音："什么？这么说，事情没办成？"

"也不完全是这样，守仁同志说了，他临走以前，会给有关部门关照一下的。""这就好，这就好，守义同志，你给我们县立了一大功呀！你先在省城玩几天，别急着回来。"打完电话，李守义长出了一口气，心想：还是老婆说得对，吓死胆小的，撑死胆大的。

回家后，李守义还是照常上班，只是觉得整个机关的人都用一种怪异的眼光看着他，好像他李守义一夜之间变成了一只澳大利亚考拉。不久，省里的文件下来了，清水县啤酒花生产基地立项上马。几天后，县里的文件也下来了，任命这位按年龄该"等着回家"的老科员李守义同志为财政局副局长。

官仓老鼠

当上了副局长的李守义，乐得还以为自己是在做梦。接着行政科把他那五十四平米的旧房换成了九十四平米的新房，搬家那天，财政局除了杨局长，男男女女几乎是全体出动。大伙像说好似的烟不肯抽一支，水不肯喝一口，干完之后，一哄而散走了。李守义望着大家离去的背影，长长地叹了一口气。

晚上，躺在床上，老婆凑到他身边："我说守义，怪不得人家削尖脑袋要当官，原来当官有这么好。你说你原来在单位上是个什么地位？现在你看他们都抢着帮我干，我拦都拦不住……"李守义感叹道："我今天才知道，当官的感觉真好！"老婆用手指点了一下他的额头说："这是你的功劳？臭美！别忘了，咱们家能有今天，多亏了儿子搞的高科技。"李守义笑道："你别胡扯了，你懂什么叫高科技？这事千万不能叫儿子知道。那张照片也完成它的历史使命了。我明天就把它收起来，永远不给别人看。以后有人问什么堂哥的事，咱俩口径一致，就说没那回事，都是小道消息传误会了。唉，我心里到现在都不踏实，就这么骗人，还能骗一辈子？但愿那位李守仁书记早点儿调任，调得越远越好，咱们一家也好安安生生过日子。"

然而李守义想安生别人却不让他安生。只过了三天，杨局长就来到他的办公室套近乎了。他拍拍李守义的肩，亲切地说："守义呀，咱俩共事有好几十年了，那交情可是非一般人可比。如今你走上领导岗位了，以后咱们还是一如既往，精诚团结。"杨局长顿了顿，意味深长地说："打从你上省里给刘书记分忧解愁以后，你在几位主要领导的眼里已是个与众不同的棋子了，因为你有这种特殊身份么，虽说我是正职，你是副职，工作上还是要互相帮助，今后在几位主要领导面前你也要多关照着点，有什么风吹草动，你得给我提个醒，你说呢？"李守义心里一惊：我的副局长椅子还没有坐热呢，顶头上司就要请我多关照了，看来那张照片的奇妙作用还远远不止是自己想象的那些，他连忙应道："杨局长你放心好了，我这个人你还不了解吗？这么多年来你杨局长对我是没得说，我不帮你还帮谁？"杨局长看该说的意思都说到了，就转换话题道："哎，差点儿忘了，弟妹的工作现在怎么样了？""她那个工作你是知道的啊，商场售货员，商场不景气，一个月也就二三百块钱吧，没下岗就算万幸了。"杨局长说:"哎呀,你看你看,你这人真是的,早说话呀!我这个堂堂财政局长,别的事办不成,给咱弟妹换个工作还不是小菜一碟。你说句话吧,看上哪个单位?"李守义忙说:"我脑子里压根儿就没想过这事,能换个把工资都拿全的单位,我就烧高香了。"杨局长一拍胸膛:"这事我做主了,就进工商局。""

工商局的人早超编了,能进去吗?"

"这事你别管了。"

杨局长这回倒不是光嘴上说说的,没过几天,李守义的老婆就进了工商局。一下班,老婆兴冲冲地进了家门,又叽叽喳喳说个没完:"守义呀,最近咱们家的喜事就像天上的鸟儿,成双成对的,你说我那个工资吧,进了工商局,不知道是怎么套的,三算两不算,就上千了。以前在商场,大家为了二十块钱的奖金,争得眼睛都绿了。今天我跟工商局的新同事聊了聊,奖金发个六七百块钱,那是常事。"李守义笑道:"头天上班,就打听了这么多情况。"

"今天领导安排我跟老郭、小魏坐一个办公室,她俩对我都挺热情的。她俩说,工商局的人都说我的后台特硬。她们还说,这工商局什么都发,衬衣、领带、电饭锅、太空被……他们局里的一个小伙子开玩笑说,就差发个媳妇了。你听听,光这发的东西,早就超过我原来单位发的工资了。"李守义叹道:"我上学时,读过一篇古文,是哪位古人写的,现在也记不清楚了。只记得大意是说,厕所里的老鼠,偷着吃屎,还跟做贼似的;官仓里的老鼠,吃粮食吃得肥头大耳,还心安理得,见人开仓都不走。就凭那张破照片,咱们也由厕所里的老鼠变成官仓里的老鼠了。"老婆瞪圆了眼睛,吃惊地问:"啊呀,还有这样聪明的古人,听着怎么就像把现在的事情都说活了。"

吉人天相

李守义有滋有味地当局长快一年了。如今他走路,肚子也挺起来了,看人的眼光也不一样了,也学会嗯嗯啊啊地给人做指示了。这天,县委书记刘玉峰打电话叫他去一下。杨局长小声对他说:"你看,我说什么来着,才多长时间,一把手就把我这正局长甩开,直接找你布置工作了?"

一进办公室,刘玉峰就开门见山地说:"守义同志,今天找你来,是这么一件事:省上有个《西部教育报》昨天来电话说,咱们县三道沟乡的几位教师给他们写信,反映该乡教师的工资已经半年没有发了。《西部教育报》要登这封读者来信,他们先了解一下,情况是否属实。拖欠工资的事是有的,这种情况全省都很普遍么,又不是咱们县一家。我们正在申报'精神文明先进县',如果报纸捅出这么一封读者来信,咱们可就前功尽弃了,现在这些乡村教师是越来越难管理了,你有什么困难可以给当地领导反映么,动不动就往报纸上捅,一点顾全大局的精神都没有!"李守义心想:给你半年不发工资,你来顾全一下大局我看看!口里却说:"就是,就是,当领导也有当领导的难处么。"刘玉峰又说:"三道沟的乡长和书记要批评,他们的思想工作是怎么做的?不行就换人。现在找你来,就是让你跑一趟省上,把这件事给我摆平,因为你有特殊关系嘛。至于要走什么渠道,找什么人,你自己掌握。你看怎么样?"如今的李守义已不是一年前的李守义了。他不再像上次那样惊慌失措了,但他仍留有余地说:"领导交给我这么重要的任务,是对我的信任,我一定要尽最大的努力去完成,但包票我不敢打,因为这个《西部教育报》归谁领导,我还弄不清楚。""尽量去办吧,有你堂哥在,我估计问题不大。"

李守义来到省城的《西部教育报》编辑部,递上名片。人家一看,他是个财政局副局长，很客气地由一位副主编接见了他。李守义按照事先想好的说辞，大谈了一通边远地区财政如何困难，拖欠工资实在是没有办法的苦经。副主编是一个胖老太太，听完李守义的说词，一脸严肃地从抽屉里拿出了信："你可以看看这封信，这里面讲的都很清楚，如果真是财政困难，乡长、书记也领不到工资，他们教师毫无怨言。可是乡干部的工资一个子儿不欠，而且用公款吃喝，大把大把花钱！为什么只拖欠教师的？中央、省里对这个问题三令五申，你们难道不知道？"李守义无话反驳胖老太太的指责，只得连声说好话："您批评得对，这都是我们工作上的失误，我们回去一定迅速整改，只是希望这封信还是不要发表的好，就算报社领导给我们一个改正错误的机会。"胖老太太说："这就对了么，我们的宗旨也不是一定要出谁的丑，只要你们把人家教师的工资问题解决了，我们的目的也就达到了。不过，话得说清楚，这信发表不发表，取决于你们的态度，我们的宗旨是，不信宣言，只看行动。一周内请给我们一个圆满的回答。"胖老太说完，从李守义手中拿回信，便起身送客。

李守义想再说点什么，但又不知怎么说，只得磨磨蹭蹭立起身，垂头丧气出了编辑部的门，在大街上转悠了大半天，半点办法也没想出来。

第二天一早，他心情沉重地来到湖滨大道，倚靠在一株梧桐树旁，望着湖滨游人发愣，直感到脑袋发胀，一片空白。

突然一辆黑色小轿车"嘎"地在他旁边停下，从车窗里探出个圆脑袋冲他喊道："守义，李守义！"李守义闻声定睛一看，也认出了圆脑袋是他大学时的同班同学庞利荣。二人好几年不见了，一阵寒暄后，李守义就愁眉苦脸地道出了他来省城的任务和遇到的难题。

不料庞利荣听了，晃着圆脑袋，神秘地一笑说："哈，你老兄遇到我那一定是上帝安排好的。走，上车，咱们去雪莲花酒店涮一顿。只要你们肯出点血，这事我保证给你们摆平。"说罢把李守义拉上车，箭一般往酒店而去。

原来，这个庞利荣开了一家公司，经营项目很怪，专门帮机关、企业，乃至个人拉赞助、搞协调、解决难题，他对李守义说《西部教育报》是他的老客户。这家报纸是面向教育界的，现在是商品经济时代，这种报纸上面不养，又拉不到广告什么的，生存很困难，因此，他们几乎是靠各级领导的支持赞助过日子。但他们自己拉不下脸直接开口要钱，就委托庞利荣从中"协调"。

李守义听了心里嘀咕：这个胖老太，大道理讲了几箩筐，煞有介事，原来是想钱呀！当然他也不去思索他与庞利荣相遇是巧合还是有意安排了。他问庞利荣："大概要多少？"庞利荣说："据我以往替他们协调的情况，最少不低于五千元。"

告别了庞利荣，李守义心想：真是吉人自有天相，这个难题看来又迎刃而解了。他回到招待所，就给县委书记刘玉峰打电话。他把胖老太太的话原封不动地移植到省委副书记的嘴里。电话那边一直沉默着。李守义把胖老太太的话转述完了，才像说书艺人抖包袱一样，开始转折道："不过，我把咱们县的财政困难细细地给他摆了摆，最后守仁同志说，解决拖欠教师工资问题，中央、省里都抓得很紧，他不能出面说话。后来我找到他的秘书求他帮我协调一下。协调的结果，报社同意不发表这封信，但要咱们给点儿赞助。"

电话那边的刘玉峰长出了一口气，说："可以考虑么，他们要多少钱？""人家张口要一万，我死磨活缠，磨成了五千元。这事我也不敢做主，请示您怎么办？""才五千？数字不大！你财政副局长完全可以做主么，赶快答应！再不要出什么周折。"出了电话亭，望着街上的车水马龙，他心里泛起了一丝酸楚：最可怜的要算三道沟的教师了，工资问题没解决，反映问题的信反倒成了报社谋福利的工具！李守义给县里领导解决了两大难题，各级领导都对他另眼相看了。

好运不再

又过了一阵子，一天，县委书记刘玉峰又单独召见他。刘玉峰说了几句嘘寒问暖的话之后，便转入正题："守义呀，咱们虽然是上下级关系，但我一直把你当自家人，今天和你说句掏心窝的话吧，这几天，我那家里都闹翻天了，说来惭愧，我这个日管几十万人口的县委书记，晚上却管不了老婆。她父母住在地区城里，身边没小辈，让他们来清水又不肯。最近我老婆听说地委周副书记调走了，这个空额要从各县一把手中补充。她说我资格老，水平高，政绩突出，让我向领导提出去补那个缺。守义，你说我是那种伸手要官的人？我咋向领导开口？可是，不听她的她就闹、就吵，还莫名其妙地骂我忘恩负义，闹得我不得安宁。万般无奈之下，我想到你与守仁书记的这层关系。我想请你出面，帮我向你堂哥诉诉苦，让他施点影响。守义呀，这可不是我要你去跑官呀。"

李守义又不是傻子，刘玉峰嘴上说"不是跑官"，这话是此地无银三百两，说他老婆闹也是幌子。他心里气恼，但又不敢回绝。他心里琢磨：这回的差事比不得前两回，看来瞎蒙恐怕蒙不过去了。刘玉峰见李守义不出声，又说："当然，我也知道你的难处。你不要一去就提此事。要见机行事，比如在饭桌上，闲聊中见缝插针，要讲究一点儿艺术性。至于活动经费么，还按上次的规矩办。你找老杨支上两万，由你灵活掌握。"

李守义愁眉苦脸地回了家，跟老婆商量了半夜，也没商量出个眉目来。他领了两万块钱，到省城胡乱转了一星期，也没心思玩，就回来了。这次向刘玉峰汇报时编了一段话，他说他按刘玉峰的指示，在饭桌上说了这事。堂嫂听了大为感动，称刘玉峰的老婆孝心可嘉。可是守仁同志听了只是淡淡一笑，什么话也没说，不知他葫芦里卖的啥药。

不久，文件下来了。北沟县县委书记升为地委副书记。又有消息灵通人士报道说，北沟县县委书记提升，是省委副书记李守仁点的将。说某年某月某日，李书记到北沟视察工作，听了县委书记的汇报，留下了深刻的印象，说得有鼻子有眼，好像他就在跟前似的。李守义听了暗暗叫苦，为什么不是张副书记、王副书记来点将，偏偏是这个李守仁来跟他过不去？这才叫不是冤家不碰头！这要叫刘玉峰知道了会怎么想？有他的好果子吃么？好运气为什么不再来一次呢？李守义见了刘玉峰，只好低下头躲着走，心想：老天保佑，别出什么麻烦。

自打这次任务没有完成之后，李守义当副局长的感觉就没有那么好了，他天天在家和老婆一起祈祷，祈祷那个李守仁副书记赶快调走！调到外国去，最好调到月亮上去。那样，就再也不会有哪位上司给他布置叫他心惊肉跳的任务了。

也许是李守义两口子的诚心当真感动了老天爷，一天，小马拿着一份报纸，神头鬼脑地进了办公室："李局，这儿有您堂哥的消息，李守仁副书记调到东北去了。"李守义作出一副高深莫测的样子来，鼻子里哼了一声，接过一看，就把报纸还给小马。小马又问："李局，不知道这对您来说，是好消息还是坏消息？"李守义脱口而出："当然是好消息啦！"

李守义估计错了，事实证明，对他来说这是一个大大的坏消息。大概过了两个多月，县委组织部长找他谈话，说为了落实上级打好扶贫攻坚战的战略部署，免去他财政局副局长的职务，任命他为黄闸湾乡的副乡长。他当然知道，黄闸湾是本县最远、最穷的乡，离县城八十八公里，人们饮水都得从山下拉。山高沟深，交通不便，是省上挂了号的贫困乡。生性懦弱的李守义，不知哪来那么大的勇气，竟然对组织部长怒吼道："我不去! 你们把我免掉，我还当我的大头科员好了。"组织部长面无表情，公事公办地说："希望你不要辜负了组织上对你的信任和厚望。"

李守义在家里躺了一个月，拒不上任。这天，杨局长登门拜访了："老李呀，县委刘书记说话了，领导干部不服从组织调动的，要严肃处理，我看你这么硬顶也不是个办法，想个办法缓和缓和么。咱们说句掏心窝子的话，你是不是在哪个地方把刘书记得罪了？"李守义心里明白，这是刘玉峰升官不成，拿他出气。他拉着杨局长的胳膊哭出了声："唉，这都是，都是我家那小子搞电脑惹的祸呀!"

（李滋民）
（题图：杨宏富）

鼓风机停了

有个小煤矿,井下24小时作业,因为巷道很深,女老板怕出事,就特地让人在井口安了两台特大功率的鼓风机,一刻不停地轮流往井下送风。

风是送下去了,可这个矿井就在一个几百人的小镇边上,这么大功率的鼓风机昼夜不停地响,小镇上的人白天还能勉强忍受,夜里怎么睡得着觉?于是他们就去找女老板说理,要求赔偿损失。

医生说:"我每天晚上睡不好,熬得蔫蔫的,万一把病人的输卵管当阑尾切了,你负责?"

老师说:"我的学生天天上课喊头疼,以后进不了大学,你养他们?"

一个养猪的索性朝女老板手一伸:"我那头母猪两年下三窝崽儿,

如今被你这么一'轰隆',几个月不见动静,你得赔我猪崽儿!"

女老板撇撇嘴:"你们也太夸张了,安两台鼓风机会有那么严重?哼,还不是看上我这几个钱!"

众人跳起来,那个养猪的大声嚷嚷:"有你这么说话的吗?换了你,弄这么台破玩意儿连白带黑地老在你旁边'轰隆',你还有心思做生意?"

女老板差点背过气去,不过众怒难犯,她还是决定赶紧想想办法。东问西问问下来,其实办法很简单,在鼓风机旁边装个特殊消音器就行了。

这天,消音器安装完毕,已经半夜,效果果然好,给人的感觉,就好像鼓风机停了似的。女老板心里很得意:看这回你们还有什么话说!

可就在这时,突然响起一片闹嚷声,好家伙,镇上的男女老少全朝这边拥来。女老板惊讶万分,正想问出了什么事,只听大伙儿边跑边嚷:"鼓风机咋停了?准是井下出事儿啦!"

(顾文显)

(题图:李　加)

走出大墙之后

出狱遇怪事

远离城市的望牛山下,有个很大的监狱,里面有两千多犯人在服刑,几乎每天都有犯人送进来,也有刑满人员被释放出去。

这天早晨,十多个刑满人员提着行李,排着整齐的队伍走出了监狱大门。在门外等候多时的亲友,一见亲人出来,纷纷拥上前去,一番激动拥抱之后,很快就离开了。那高大威严的大墙门外,顿时静了下来,显得空空荡荡。这时除了值勤的哨兵,只剩下一个二十多岁的长得英俊健壮的小伙子,他手里提个行李卷儿,孤零零地站着。过了一会儿,他抬头望了一眼囚禁他两年多的大墙,再仰望了一眼蓝天白云,重重地吁了口气,然后抬步向不远处的公路走去。

他刚迈步,只见公路上一辆黑闪闪的小轿车箭一般地飞驰到他跟前,"嘎"一声停下,接着车门一开,跳下一男一女,那男的四十开外,是个个头不高的胖子;那女的二十来岁,一身珠光宝气,长得妖艳迷人。那男胖子凑到小伙子身边,细声慢语地问道:"请问小兄弟,今天这儿是不是释放了一批犯人?"

小伙子点点头,说:"是呀,他们都被亲友接走了,就剩我一个人了。"

胖子"啊"了声,皱了一下眉头,接着又问道:"请问小兄弟尊姓大名?"

小伙子并不懂这胖子干吗要问他的姓名,他挠挠头皮,不情愿地从嘴里挤出三个字:"冯春林。"

不料胖子一听'冯春林'三个字,顿时惊喜地一下蹦起来,激动地伸出两只肥手,紧紧握住小伙子的手叫道:"你真的是冯春林?"冯春林乐了:"牢也坐了,还有什么名好冒呀。"

那胖子乐得眉开眼笑:"哎呀,我的好兄弟,可想死我啦。我刚得知你今天要出狱的消息,就赶紧开车来接你。想不到一下车就碰到了你,太巧了,这是天意呀!"说着冲身后的妖艳女子说:"肖小姐,你快扶冯大哥上车,我要到市区最大的豪富大酒店设宴为冯老弟接风洗尘。"那个肖小姐不由分说,连拉带拽把冯春林拖进车厢,胖子亲自驾车,朝市区驶去。

坐进轿车的冯春林被弄得云天雾地,而那个肖小姐又像水蛇缠青蛙一般紧贴着他的身子,那股刺鼻的香水味熏得他几乎喘不过气来。那胖子更是一边开车,一边像抱了个金娃娃一样咧开蛤蟆嘴笑着说:"冯老弟,你受委屈了,大哥我一定好好补偿你。"

冯春林见这两个素不相识的男女对自己如此热情,就奇怪地问:"请问二位是……"

胖子一听，忙腾出一只手，从怀中摸出一张名片递过来，说："冯老弟，你讲义气，够朋友，你这个朋友大哥我交定了。"

冯春林接过名片，只见上面赫然印着：飞龙路桥建设开发公司董事长兼总经理李金龙。那个肖小姐没等冯春林开口往下问，就伸出白嫩嫩的胳膊勾住他的脖子，嗲声嗲气地说："冯大哥，你大难过去，后福降临，往后，你就跟着李老板享清福吧。"说着，把高耸的胸脯紧紧贴在冯春林的身上，弄得小伙子浑身不自在。他一边往旁边躲，一边脑袋瓜在飞转，可是搜肠刮肚也想不起自己与这对男女有什么关系，更想不出他们与自己蹲大牢有何瓜葛。一想到自己被判蹲大牢，冯春林脑子里立刻浮现出入狱前的情景——

冯春林家在离省城二百多里的农村，他初中毕业后，就当了农民。几年前，他跟村上一帮人到省城打工，在一家修路工地当苦力。小伙子年轻耿直，有那么一股子好打抱不平的侠义心肠，看不惯包工头那凶神恶煞的霸道作风，常常与他顶牛。有一天，一帮民工因不满包工头克扣工资，双方由口角而动武，互殴中不知是谁用钢筋打断了包工头的一条腿，事情闹大了，警察抓走了包括冯春林在内的七名民工。可是，由于冲突时现场极乱，那个受伤的包工头也指不出谁是凶手。

七名嫌疑人中数冯春林最年轻，又没成家。两天后，那六个民工称他们都有家小，担当不起这伤害罪名，一齐跪下求冯春林承认包工头的腿是他打断的。年轻气盛的冯春林望着眼泪汪汪的工友们，心一横，就把责任担当下来，结果被判了三年徒刑。

然而，蹲监狱可不是闹着玩的事，一向海阔天空野惯了的冯春林，一下失去了自由，那滋味可够他受的！小伙子心中也曾后悔过，但他没有吭声，硬是咬紧牙关，度日如年地熬了下来。因为表现好，他获得减刑，被提前释放了。

冯春林是个孝子,他想父母,也想苦苦守着他的未婚妻。这次为了不给父母亲人添麻烦,没有让监方通知家人,他想独自悄悄回家,给家人一个惊喜,但他做梦也没曾想到,一走出大墙,竟遇上这对奇怪的男女,像绑架一样把自己给接走了。

冯春林想到这儿,小轿车已经进入繁华的市区,望着大街上车流人潮与两旁的高楼大厦,冯春林顿时有一股重见天日的感觉。同时,又感到有点不可思议:一出狱门,居然遇到轿车接送,美女相陪,酒宴接风的怪事!

轿车在豪富大酒店门前停下了。经历了两年多牢狱生活的冯春林已成熟了许多,他决定多看少说,看看这一男一女葫芦里到底藏的什么药,以便见机行事。

怪事是步棋

飞龙路桥建设开发公司大老板李金龙自然不会无缘无故地亲自驾车,风风火火跑到监狱来接冯春林这个打工仔的,他是想利用冯春林来完成他精心布下的一局棋,发一笔大财。

原来,省城附近有一个双河县,最近,县里要投资一千万元修建环城公路,工程项目由县长胡文凯亲自负责,李金龙眼馋这笔大买卖,为了把工程揽到手,他不惜大出血,亲自提了五十万现金找到胡县长,不料,他这次看走了眼,胡县长不吃这一套,甚至把他们参与投标的资格也给取消了。

凭这些年在生意场上摸爬滚打的经验,李金龙深信没有攻不破的堡垒。他估摸这次失败,只是没有找到最佳"突破口",于是,他就削尖脑袋,寻找"突破口"。也叫皇天不负苦心人,终于有一天,李金龙偶然听说三年前,胡县长当城建局长的时候,他的小车司机冯春林夜间开车外出,撞死了一名农村女孩后畏罪潜逃,后来又投案自首,被判了三年有期徒刑。他又听说,其实那天晚上冯春林根本就没有开车外出,驾车肇事的是局长胡文凯,是胡文凯花了重金,才收买冯春林当了替罪羊。

这个消息让李金龙欣喜若狂,他想:如果这个消息属实,只要能拉拢冯春林,就能十拿九稳从胡县长手中拿到工程。经过打听,他得知冯春林在望牛山监狱服刑,最近就要刑满出狱,于是,他高薪聘了年轻妖艳的"公关小姐"肖小姐,并亲自驾车赶到望牛山监狱。

真叫无巧不成书,他碰到的是另一个冯春林,而他要接的那个小车司机冯春林一周后才出狱呢。

说到司机冯春林,也是个二十来岁的小伙子,他从驾驶学校毕业后,迟迟没有找到合适的工作。后来,县城建局招聘司机,他去报了名,并被临时录用,等半年试用期过后,才能转为正式职工。不久,局长胡文凯见小伙子机灵勤快,就点名让他当了自己的司机。给局长开车,冯春林喜出望外,他想:只要跟上局长,让局长满意,转正的事就能十拿九稳了!所以,他处处讨局长的欢心,唯恐伺候不周。

不料,就在他即将转正的那个月,却开车闹出一桩命案。

那天傍晚冯春林正准备下班,局长胡文凯的妻子陪着妹妹走来,请他出一趟车。冯春林知道局里有明文规定:不准公车私用,更不准不经领导批准出车。可是一想到马上就要转正,冯春林哪敢在这节骨眼上得罪局长夫人和她的亲妹妹,于是,就违心地出了车。不料刚把局长的小姨子送到目的地,局里就来电话催着用车,冯春林着急返回,竟在路上出了车祸。

由于害怕承担责任,他一时糊涂,驾车逃回局里。虽说一连几天没有动静,但他听见警车响就心里直发毛,当心理压力实在无法承受时,就硬着头皮把事情的经过告诉了胡局长,希望胡局长设法保护。哪知局长听了火冒三丈,叫来妻子大骂一顿,又劝告冯春林投案自首,争取宽大处理。

冯春林见局长不但没想法保护他,还一个劲催他去自首,不由既怨又怕,禁不住"呜呜"哭起来,边哭边嘟哝:"我都下班了,要不是夫人让我出车,我哪会闯祸?我这一投案就得蹲大牢,我才二十一岁呀!呜,呜,我往后咋办?我爹妈都有病咋办?呜呜……"

听了冯春林一番哭诉,胡文凯不禁倒吸了一口凉气。人都是有弱点的,年富力强的胡文凯的弱点就在一心想往上升。他想此时让冯春林自首,这傻小子准会说出私用公车的事。胡局长不愿在仕途的紧要关口出一点儿差错。一番权衡之后,他便决定暂时把这桩人命案压下来。半个月后胡文凯果然高升当上副县长。可是,那桩人命案就像一块压在心头的铁饼让他时刻感到气闷。于是他和妻子反复做冯春林的工作,终于使小伙子到公安局投案自首。

冯春林被判刑三年,还要承担民事责任,赔受害方一大笔钱。已经当了副县长的胡文凯不但出了这笔钱,而且还给了冯春林家一笔钱,算做安慰,并表示等他刑满后,一定有求必应。对此,冯春林感恩在心,因此一直没向任何人透露胡文凯小姨子私用公车的隐秘。

然而,凡在官场上混的人少不了会有几个政敌,胡文凯也不例外。不久就有人利用冯春林车祸案做起文章,先是传言冯春林撞人时胡文凯就坐在车内，后来又说冯春林是为胡文凯接情人幽会才出的车祸，再后来干脆说是胡文凯自己开车闯下祸，让司机当了替罪羊。不过，传言归传言，却未能挡住胡文凯的高升，三年之后，他已成了双河县堂堂一县之长了。

以熟知官场内幕自居的李金龙，果断地认定胡文凯对小司机如此大出血，必定是买通他当了自己的替罪羊。于是他便把冯春林当成"摇钱树"，想利用他敲开发财大门。但他做梦也不曾想到老天爷和他开了个玩笑，他接的是另一个早出狱的冯春林。

且说李金龙把冯春林接进豪富大酒店，先给他定了高档房间，又派肖小姐到商场去买名牌服装，他本人则亲自陪冯春林去洗了一通桑拿浴。一番洗浴按摩之后，冯春林换上肖小姐买来的新衣新裤，小伙子顿时成了西装革履、英俊潇洒的美男子。

中午，在丰盛的接风筵席上，李金龙和肖小姐轮番向冯春林敬酒。冯春林有生以来哪里见过如此美酒佳肴，他放开胃口大吃大喝起来。

这时，李金龙朝肖小姐一使眼色，肖小姐便悄悄打开了包中的微型录音机，他们要把跟冯春林的谈话内容录下来，作为要挟胡县长的"炸弹"。

棋中藏阴谋

酒足饭饱之后，冯春林拿餐巾擦了擦嘴巴，等着李老板开口问话。李金龙点上支烟，慢条斯理地说道："冯老弟，听说你是替别人蹲了三年大牢，就凭这一点，我李金龙对你佩服之至，想请你到本公司做事，不知老弟是否愿意？"

冯春林一愣，心想：这个李金龙究竟是何来路，怎么连自己替人受过入狱的事也知道？就说："我们这些小小老百姓没啥大作为，能够替人受过，给人消灾，也是做好事嘛，反正已经过来了，这事不提也罢！"

李金龙一听这话，兴奋得眼睛都红了，心说：看来，这胡县长表面上一本正经，背地里果然干出犯法事来！他不动声色地抽口烟继续往下问："你在监狱受罪，人家在外面可舒心得意呀！老弟你能咽下这口窝囊气？"

冯春林摇摇头，长叹一声，说："唉，命中该我倒霉！不过，我进去之后，听说人家在外面把我的家人照顾得不错，我也就认了，唉，过去的事不说了。"

李金龙本想再问些细节，见冯春林不想说，就使出了最后一招说："冯老弟，我现在就拨通胡县长的电话，请你把出狱的事告诉他，让他也知道你在我这里。"说着，掏出手机拨通胡县长的电话。

"胡县长？"冯春林压根儿就没听说过什么胡县长，惊得眼珠子都快要蹦出来了。李金龙以为冯春林害怕别人知道他和胡县长之间的秘密，就把手机朝他手中一塞，说："老弟，别害怕，我跟胡县长是老朋友，不会把你们之间的秘密乱讲。瞧，电话通了你就跟他报个信嘛！"

听了这话，冯春林才恍然大悟，乖乖，李老板肯定是认错人了。正要开口解释，话筒里传来一个低沉的男声："喂，你是谁？"

冯春林拿电话的手直发抖，声音也走了调："我……我……我是冯春林。"

"冯春林？"胡县长的声音忽然高了起来，"春林，你小子怎么搞的？怎么连声音电变调了？你的刑期是不是满了？唉，我工作太忙，也没能到监狱看你，真不好意思。不过，既然出来了，就振作精神，重新做人。

如果你有时间,就请来我家里坐坐,对了,我搬了新家,地址是牛角路3号院。喂,你怎么不说话……"

"我、我、我一定去……"冯春林脑门子上出了一层冷汗,胡乱地把手机塞给李金龙,人像坠入云天雾地里说不出话来。

肖小姐忙关了录音机,一边为冯春林擦汗,一边拉住他的胳膊直摇:"冯大哥,你的面子好大呀,刚出来人家县长就请你登门做客。走,到房间里去,让我好好替你按摩按摩……"说着,挽起冯春林走出餐厅。

两个人一走,李金龙取出录音机中的磁带如获至宝似的抱在怀里,嘴里喃喃说着:"冯春林啊冯春林,你真是我的大救星哟,有了你这枚'炸弹',不信他胡县长不把工程乖乖送上门!"接着,他开始盘算等肖小姐用姿色把冯春林彻底征服,自己再送上笔钱财,委任冯春林为自己的副总经理,自己就跷起二郎腿等着从胡县长手里收钱吧!

肖小姐扶冯春林进了房间,就开始施展手段挑逗冯春林。不料,冯春林跑进卫生间用冷水冲了一通脑袋,就把肖小姐往房门外推,还板起脸说:"肖小姐,我有对象,她在监狱外苦苦等了我三年,我不能做对不起她的事!"

肖小姐仍想往房间里挤,撒娇说:"哟,想不到冯大哥还是个重情义的男子汉,能陪冯大哥这样的好人开心,也是我的福分,你就让我进去吧!"冯春林哪里敢放她进来,干脆"砰"地关上房门。

肖小姐望着房门摊摊手,而后无奈地去向李金龙复命。李金龙一听,笑道:"哈哈,看不出这小子还是个坐怀不乱的正人君子呢!"说着和肖小姐上楼,敲开了冯春林的房门,掏出一份委任文件,说:"老弟,从现在起,你就是我的副总经理,肖小姐就是你的临时私人秘书。"

肖小姐从李金龙身后闪出,把一部小巧玲珑的手机和一叠钞票塞给冯春林说:"冯副总经理,手机是李总发给你的通讯工具,五千块是给你的零花钱。我就住在你隔壁,有什么吩咐,请随时叫我,一定包你满意!"说完朝冯春林递了个媚眼,扭着水蛇腰出了房间。

李金龙往沙发上一坐,这次是打开天窗说亮话,如此这般地把实情讲了一遍,然后拍着胸脯说:"老弟,你只要帮我把工程搞到手,我李金龙绝对不会亏待你,给你二十万够不够?"

冯春林弄明白了缘由,心里像面明镜似的,倒也踏实了,暗说:天啊,这个李老板可真够精的。可我这个冯春林不是那个冯春林,帮你做这事,不是摆着要我冒名顶替去诈骗吗?万一事情败露了,又得蹲大牢。一想到监狱里失去自由的滋味,他不由打了个寒噤!

李金龙当然不知他的内心活动,还以为他不愿为二十万去得罪胡县长,就说:"老弟,我再加十万。其实,这件事你完全不必跟胡县长撕破脸,只要交给肖小姐去做就行了。"

"肖小姐?"冯春林一愣。

李金龙"嘿嘿"一笑说:"你千万不要低估她的能力,只要你答应让她以你女朋友的名义去见胡县长,必要的时候帮她一把,你这几十万就算赚到手了。难道你替胡县长蹲了三年大狱,还不值几十万?"

听到这里,冯春林心头蹿起一股无名火,他平时最恼恨贪官污吏,觉得这些人和以前自己那个包工头都是一路货色。冯春林心里说:怪不得胡县长电话里那么客气,原来他有把柄在那位"冯春林"手里。妈的,这些当官的仗势欺人,竟敢让无辜的人替罪。老天有眼,给了自己这么个机会,干脆将错就错,好好教训一下姓胡的,最好也让他尝尝蹲监狱的滋味。这么一想,他笑眯眯地对李金龙说:"李老板,你放心,我一定尽心尽力做好这事!"

听了这句话,李金龙心中的石头落了地,喜滋滋地告辞走了。

谁知到了次日一大早,肖小姐惊慌失措地向李金龙报告:"不好啦,冯春林不见啦——"

"啊!"李金龙大惊失色,找遍了酒店角角落落,也没发现冯春林的影子,他气急败坏地嘟哝着:"这小子昨晚说得好好的,咋转眼就变了卦!"

阴谋连圈套

冯春林没有变卦,他是思亲心切,怕李金龙不放,就趁天刚蒙蒙亮,悄悄离开酒店,坐上了返乡的班车。车子走到半路,他才掏出李金龙给的手机和名片,拨通了李金龙的电话,告诉他自己先回家看看,三天后一定返回。

李金龙知道了冯春林的下落,才算松了一口气。尽管冯春林不在,李金龙还是按原计划行动,让肖小姐以冯春林女友的名义去见胡县长。

两天后的傍晚,肖小姐驱车来到双河县,提了礼物,径直奔向胡县长家。胡县长正在家中,听了肖小姐的自我介绍,高兴地一边让座,一边笑呵呵地说:"呵,春林这小子挺有福气,找了你这么漂亮的女朋友,春林怎么没有跟你一起来呀?"

肖小姐应付如此场面,驾轻就熟,她露齿一笑说:"他呀,出来没多久,就被飞龙公司的李总请去当了副总,整天在外面忙着。他说前天给您打了电话,先让我来看看您,改天,他再登门拜访。"

胡县长很高兴:"好,好,年轻人应该以工作为重。"

肖小姐见时机已到,就把话锋一转:"好什么好,听说他们公司正忙着承揽咱们双河县的一项工程,不知道能不能成呢!对了,听说这项工程是胡县长亲自抓的,看在老部下的面子上,您一定要帮帮他呀!"

"啊?"胡县长愣了一下,忙问:"你刚才说春林在哪家公司?"肖小姐说:"飞龙公司呀。"胡县长一皱眉头,说:"这个公司的人曾经找过我,不过,他们不走正路,被我拒绝了。既然是这样,看春林的面子上,我就再给他们一次机会,让他们参与投标。"

"谢谢胡县长,我一定把您的意思转告春林。"肖小姐说罢忙起身告辞。

肖小姐出了胡县长的家门,立即用最快的速度把消息告诉李金龙,她电话里娇声娇气地说:"李老板,我这个女朋友不能白当,你要给我发奖哟!"李金龙高兴得合不拢嘴,连声说:"好,好,你一定要继续打好冯春林这张王牌。投标的事情我安排,只要能把合同搞到手,转手出去就能赚几百万,到时候,我亏待不了你!"

到了第三天晚上,冯春林果然如约返回了大酒家。这三天时间,他除探望亲人,还悄悄去了一趟望牛山监狱,找到一位熟悉的狱警,通过电脑找那个冯春林。结果查到在押犯中有个冯春林的确是因交通肇事逃逸入狱,刑期三年,昨天刚刚刑满释放。据负责监管这个冯春林的狱警介绍,服刑期间,他父母相继病故,家中没有什么亲人,出狱之后,去向不明。冯春林叹了口气,离开了监狱。

李金龙见冯春林如约返回,顿时眉开眼笑,设宴款待。不过,这次李金龙除了让那个肖小姐作陪外,又多了两个彪形大汉不离他的左右。这是李金龙担心在工程拍板定案的节骨眼上,冯春林再生变故,专门在他身边安排的两个"保镖"。

酒桌上,冯春林说:"李总,我是来上班的,不是来享受的,住在酒店宾馆太花钱,我还是搬到您公司住吧。"

李金龙的公司是个空架子,干的是倒腾工程的"空手道",一听冯春林就此发问,心中暗笑:这混小子,真把这个副总经理当成事了!李金龙嘴上却说:"老弟,咱们搞工程的四海为家,做生意哪能离开宾馆酒店。等这项工程揽到手再回去上班不迟!"

几天后,环城公路工程招标小组开始坐下来开会定标,小组有七个人,都是县交通局和城建局的干部,除了两个有病、一个去外地出差外,剩下的四个人李金龙都已一一拜访、打点到位,并且特别向他们提了提胡县长当年的小车司机冯春林是公司副总。四个人对民间谣传冯春林替胡县长顶罪的事早有耳闻,而且这次又是胡县长特批准许飞龙公司参与投标,无论是真是假,他们也不敢得罪县长大人,于是一致通过让飞龙公司修建环城公路。

胡县长听了招标小组的汇报,想了想说:"我尊重你们的意见。"

就这样,一桩大工程鬼使神差地落在了李金龙手中。

虽然合同未签,李金龙已经高兴得发了疯。立刻摆下一桌庆功酒,冯春林理所当然地坐了上席。席间,李金龙为肖小姐发了一个大红包,说:"肖小姐,你的任务就算完成了,我已经买好两张飞机票,明天你陪冯副总经理去海南旅游一番,好好玩个痛快。"

散席之后,李金龙提着两个密码箱来到冯春林的房间,说:"老弟,我说话算话,这两个箱子各装了二十万。一个你先收下,等三天以后签下合同,资金到位,剩下的十万再给你,至于另外二十万嘛,请你转交给胡县长,听说县里陆续还有几条道路要修,以后,还要胡县长帮大忙啊——"

冯春林吓了一跳,自己刚出监狱几天,就挣了这么多钱,这不是做梦吧?李金龙放下密码箱,转身要走,冯春林一把拉住他说:"李总,花这么多冤枉钱,你修这条路不是要赔钱了吗?"

李金龙一听,哈哈大笑,道:"老弟,这个你就不用操心啦。"又拍拍他的肩膀,说:"你旅游回来,就等着看好戏吧!"

第二天上午,肖小姐陪冯春林奔向省城飞机场,冯春林望着停机坪上的一架架大飞机,心潮澎湃:天啊,我出狱之后的遭遇太奇特了!

圈套套自己

转眼三天过去了,到了该正式签合同的日子。为了显示公司的实力,李金龙特意把合同签订仪式安排在省城一家著名的大酒店举行。

这天上午,双河县的头头脑脑都来到这家酒店,准备参加合同签订仪式。胡县长非常高兴,因为环城路的修建也将成为他的政绩之一。他随着众人走进临时休息室,等主持人安排入座。这时候,一个勤杂工模样的年轻人走进休息室,环视了一下休息室的设施,正要离开,忽然目光与胡县长相遇,那人情不自禁地叫出了声:"胡局长?"

胡县长也吃了一惊:"冯春林?"

活该李金龙倒霉,真正的小车司机冯春林竟在这个时刻出现了。原来,这个冯春林服刑期间,爹妈病重,加上为儿子担心,竟相继去世,相恋两年的女友也离他而去,沉重的打击使他万念俱灰。出狱后,他也不想再找胡县长添麻烦,便来到省城,在这家酒店当起勤杂工。胡县长见了他,急忙上前握手,笑呵呵地说:"春林,你小子不是当上副总经理了吗?怎么这身打扮?"

冯春林一时摸不着头脑,白瞪着眼睛说:"胡局……县长,你别取笑我了,我刚出来,能端上这碗饭就不错了。"

"什么?"胡县长被弄糊涂了,"你小子胡说,前些天你给我打过一次电话。对了,我还见过你的女朋友,是个模样挺俊俏的女孩子,你可别骗我!"

冯春林见胡县长不像开玩笑,就跺着脚发誓道:"胡县长,我确实在酒店里打工,不信你去问酒店领导,我咋敢骗你?我干吗骗你?我、我哪来女朋友?她早飞啦!"

这下子轮到胡县长紧张了,他冲随行的秘书说:"快,快去叫飞龙公司的李总经理见我——"

李金龙被人叫到跟前,胡县长劈头就问:"你们公司的冯副总经理呢?"

李金龙眨了眨眼睛,把胡县长拉到一处僻静角落小声说:"胡县长,冯春林跟您之间的事我都清楚,为了避免不良影响,就没让他在今天的仪式上抛头露面,我派他去海南旅游了!"

胡县长鼻子都快气歪了:"胡说,冯春林就在休息室。"

李金龙拍着胸脯对天发誓:"胡县长,冯春林千真万确是我们的副总经理,如果我敢骗你,下辈子投胎转世,变猪、变狗!"见李金龙如此自信,胡县长彻底糊涂了,喘着气说:"那好,你马上联系你的冯副总经理,找不到他咱这合同就签不成。"

"好,好,我立刻通知冯副总经理!"见胡县长真的动了肝火,李金龙急忙掏出手机联系。不料,冯春林和肖小姐不知到了哪个天涯海角,手机失去了联系。

就在这时,酒店方面来人通知:"合同仪式现场全准备妥当,省里有关领导和报社、电视台的记者已经到齐,请你们双方赶快入座。"

胡县长一听，头皮开始发麻，他已经感到这项工程招标的幕后大有文章，可是，此时此刻，在这个大场面突然终止合同签订仪式，会造成多么大的负面影响！怎么办？他一边苦思冥想，一边硬着头皮坐到自己的位置上。

所有的来宾均已就绪，主持人宣布："双河县环城道路修建工程合同签订仪式现在开始，首先，请胡县长讲话——"

"哗——"四周响起一阵掌声。只见胡县长掏出早预备好的讲话稿，用手帕擦了擦额头上的汗珠，开始念道："各位朋友，各位来宾，今天，双河县十大重点工程之一的环城道路修建的合同就要签订了，这是全县人民盼望已久的大事，此时此刻，我……我的心情……非常激动……"刚念到这里，胡县长突然身子一歪，倒在了主席台上。

"不好，胡县长的心脏病犯了……"有人高叫一声。

顿时仪式现场乱成了一锅粥，秘书急忙掏出随身携带的速效救心丸喂胡县长，有人掐人中，有人打急救电话，合同签订仪式只得被迫取消。

这突如其来的变化把李金龙弄得晕头转向，恨自己一时糊涂没把冯春林留在身边，他不停地给冯春林和肖小姐打电话，直到下午才联系上了肖小姐，肖小姐在电话里问："李总，还有什么事？"

李金龙气急败坏地说："我问你，冯春林在哪里？"

肖小姐奇怪地问："你交给我的任务不是已经结束了吗？冯副总经理根本就没有跟我一道上飞机，一到机场我们就分手了，像他这样不吃腥的男人，我还真少碰到。对了，你发给他的那只手机他让我转交给你，你也用不上，就送给我作一个纪念吧，拜拜——"说完，"啪"地挂上了电话。

李金龙气得火冒三丈，恨不得把手机摔个粉碎，他冲着酒店的走廊歇斯底里地大声吼道:"冯春林,你在哪里,快点给我回来!"

他这一喊不要紧,那个当勤杂工的冯春林急忙跑过来,恭恭敬敬地问:"先生,你叫我?"

李金龙一看,出来一个勤杂工打扮的小伙子,气不打一处来:"你快走开,我叫的是给胡县长当过小车司机的冯春林,是蹲过三年大狱的冯春林!"

可是,眼前的小伙子一动不动地说:"是啊,我就是那个冯春林呀!你是不是有病了?"

"啊?"李金龙惊得一屁股蹲在地毯上,"天啊,我、我是撞见鬼啦——"

奇遇敲警钟

再说急救车风驰电掣地把胡县长送进省人民医院,医生们正七手八脚准备抢救,胡县长却把双眼一睁,推开医生护士说:"我没有病。请你们暂时回避一下,让我们县的几位领导进来。"

几位领导鱼贯而入,胡县长第一句话就是:"请大家原谅我装病,这也是迫不得已,因为我感觉到工程招标有问题。"接着,他把事情的前后经过讲了一遍,听得众人咋舌不已。

正在这时,县检察院的黄院长匆匆走进来,凑近胡县长说:"胡县长,您醒了?有件非常重要的事情向您汇报。昨天下午,省检察院转给县检察院两只密码箱,里面装了四十万现金,其中有二十万是准备给您的。另外,还有一位名叫冯春林的刑满释放人员给省检察院写了一封很长的举报信,题目叫《我的奇遇》。"

胡县长的眉头舒展开了,他点点头说:"好吧,你当着大家的面念一下,无论对我的举报是否属实,我以人格保证,绝对不会对举报人打击报复!"

黄院长开始念举报材料,于是,静悄悄的病房里飘荡起一个荒唐离奇却非常真实的故事。

材料的最后说:"你们想知道眼看就可发大财的我为什么要举报吗?我可以告诉你们,因为我弄清了那些包工头为什么干工程要偷工减料,为什么要疯狂地克扣我们民工的工资!当年,我们这些修路的民工就是因为不满包工头克扣工资才闹起冲突,我也就是因为那场冲突才不明不白地蹲了三年大牢。我不想让我的悲剧再在别的民工弟兄们身上重演,所以,我宁愿放弃这段奇遇得到的一切,也要拼死举报那些贪官污吏、那些不法奸商……"

材料念完了,屋子里的气氛沉重得能听到一根针落地的声音。

一周后,双河县环城公路项目重新招标,年轻的公民冯春林被聘为项目廉政监督员,参与整个项目进展的全过程。

李金龙一直没有再露面,有人说他已经去了该去的地方。

至于另一个冯春林,谢绝了胡县长要给他介绍的工作,继续在省城的这家酒店里当他的勤杂工,没有再回双河县。

后来,双河县传出一串顺口溜:老天长了千只眼,谁干坏事都要管,天下奇遇天天有,专让坏人筋斗翻。

(刘金涛)
(题图:杨宏富)

人与人相处，有人心思活，有人一根筋。照照生活西洋镜，莫不是都自作了聪明？

痴人·奇遇记

chiren qiyuji

藏钱

刚"下海"那阵,一次我到济南去进货,由于天晚没赶上车,便住进了旅馆。当时我身上带着两千元钱,所以心里一直惴惴不安,很怕碰上小偷,被他们摸去。

我住进的这家旅馆其实是一家澡堂,为了增加效益,他们营业结束后可安排住宿,一晚上每人收费2元5角。虽然条件不怎么样,但价钱便宜,所以也招来不少旅客,大都是些和我一样从乡下进城的农民。

当班的服务员是个二十出头的小伙子,挺麻利地替我办了住宿手续,随后把我领进房间。一进门,不知怎么,我就有一种异样的感觉。这是两个床位的房间,先到的那个旅客是一个四十岁左右精瘦的中年人,鬼鬼祟祟地偷眼瞅我。我下意识地摸了摸装钱的衣兜,心里提高了警惕。

我想来想去,这房间不保险,于是便走到服务台,要求服务员替我保管钱。可刚才那小伙子服务员说他们从没开展过这项服务,收费标准不知怎么定。他看我心事重重的样子,笑着安慰我说:"来我们这儿住的大都是些泥腿子,心眼朴实,不会做偷鸡摸狗的勾当,你睡觉时把钱放在贴身的衣兜,保证没问题。"

听他这么一说,我的心不但没放松,反而更紧张了——他凭什么断言这些陌路相逢的人"没问题"?于是,我狠狠心决定:宁可再多些钱,换个单间。

遗憾的是,这里的条件实在简陋,根本没有单间。"那就给我换个房间吧。"我把同房间那个人的可疑之处悄悄跟服务员说了。没想他狠狠地把我训了一顿,说那个农民已经在这儿住了四五天了,是陪妻子来省城看病的。我自知言语有失,只好讪讪地离开了服务台。

此时已是晚上十点。我走出旅馆大门,街上公交车已经停驶,天空稀疏地挂着几颗星斗,忽明忽暗的路灯,打消了我去另找旅馆的念头。

我只好重新走回房间。那人已经躺下了,我也准备上床,可刚坐下来,就听他"哼"了一声,我知道他准是装睡,不由得心又提了起来。

我不放心我兜里的钱,自从我下海以来,两万元钱已经悄无声息地赔进去了,这两千元是近乎给人下跪才借来的。为了省掉住宿钱,我本来打算今晚在车站熬一宿,可是天气突然变冷,我穿的衣服很少,加上现在车站上也不允许旅客滞留睡觉。为了找一家住宿便宜的旅馆,我已经先后跑了十几家,没想到最后竟碰上这么一个人!如果这两千元再让人偷去,我想我即使不走上绝路,也是无脸再回家见老婆孩子的。想到这一层,我不由暗暗叹了口气。

床上的那人翻了个身,脸朝向了我,似乎是要我相信他睡着了,甚至还微微地打起了呼噜。哼,玩的什么花样!我一眼就看出来了,他还是装睡,他的眼皮还跳动了几下。

我更心慌了。我半躺在床上,拉开被子,没有脱衣服,把两千元掏出来,捏在手里。我在想:把这钱放在哪儿好呢?老婆曾说我睡觉太死,让人搬走了也不知道,假如那个人在我睡熟时轻轻翻我身,我想我是肯定感觉不到的。而且还有让我懊悔不已的是,我告诉服务员我带了两千元钱。假如他们是一伙的,那我……

我紧张得手心都出了汗,哪里还有一点睡意。我的脑子飞快地转了起来:把钱放进鞋里吧,万一他偷走我的鞋,岂不坏事?放裤衩里?也不行,万一他搜身,那必定是瞒不过去的。我想了各种各样的藏钱方法,可是最后又都被我的"万一"推翻了。

就在这时,只见那人"通"地坐了起来,我微微一惊,也忙坐直了身子朝他看去。他仅穿着一条花色小裤衩,很灵活地跳下床,朝我龇牙一笑,说:"没睡,大哥?我可已经迷糊一觉了。"

"我……我不困。"明明我比他要小十来岁,这他一定能看出来,但他为什么又要叫我"大哥"呢?我更紧地捏住手中的钱,并且把手悄悄移进被窝。

他朝我神秘地一笑,眼睛紧盯了我一下,便出了门。我的心一颤:难道他看出我手中攥着钱了吗?他那么厉害?我随即跳下床,冲到门口一看,门外已不见了他的踪影。

我越发紧张起来,首先想到:他一定是找那个服务员密谋去了。

我看着他凌乱的床铺,突然冒出一个念头:不是有过这么一句话吗,"最危险的地方,也是最安全的地方"!对,就这么办。我急忙把门关上,冲到他床前,把钱放到了他的褥子底下。此时,我的心"咚咚"地跳着,就好像上战场一样。

大约过了十分钟，那人才回来，一进门便捂着肚子说："唉，拉肚子，他娘的——"我没吭声，半闭着眼。

"睡了？"他走到我跟前，俯下身轻轻地问。

"没睡。"我急忙坐起身。他"噢"了一声，就回到他自己床上躺下了。

突然我灵机一动，想证实一下那服务员对我说的话到底真不真，于是假装随口问道："你已经来四五天了吧？"他顿了一下，犹犹豫豫地答道："哪里，我是刚到。""刚到？"我心里一惊，又故意追了一句："来做买卖吗？""唔，"他支支吾吾地说，"……来看看什么买卖好做。"我一听，顿时疑心大起，不敢再往下问了，他说的和刚才服务员讲的完全是两码事。看起来，他们完全有可能是一伙！我本来想藏好了钱就抓紧时间睡一觉，明天赶早办事，这一来，整个心都提了起来……

不知过了多久，大概已经是凌晨一点了，周围一片寂静，人们都进入了梦乡，我也觉得困了，这些天来我一路奔波，此刻阵阵睡意袭来，上下眼皮直打架，可是一个声音一直在我耳边响着："别睡，千万不能睡，一家子的命运都在你手上攥着哩！"我甚至已经有点后悔把钱放在他褥子底下，万一他明天起床心血来潮把褥子翻一下，不就很容易发现我的钱了吗，又有谁能证明那钱是我放的呢？他完全可以亮开嗓门说这钱是他自己藏的呀。

我一个人胡思乱想的当儿，再看那人睡在床上也不安分，一会儿脸朝着我，一会儿又背朝着我。他的每一次翻身，都使我的心狂跳不止。对了，他不是说他闹肚子吗，索性等他再上厕所的时候去把钱拿出来，还是攥在自己手里放心。

就这么等啊等啊，谁知没等到他再从床上爬起来，我自己倒迷迷糊糊睡着了。等到惊醒过来,我立时惊慌地坐起了身子,直骂自己该死。我急忙朝他床上看去,看到他背朝着我,才稍微放了下心。我以为天快亮了,便轻轻地下了床,正在此时,听到外面挂钟"当当当"敲了三下,方知才只有凌晨三点。

我实在忍不住了,轻轻走近他床边,试图把钱抽出来。我压低嗓门"喂喂"喊了他两声,我想如果他没有动静,我就可以动手,谁知他突然"哼"了一声,翻过身子,把脸朝向了我。没办法,我只好回到自己床上……

天亮的时候,我是被他喊醒的。

我大吃一惊,不明白自己是怎么睡过去的。他递给我烟,我说"不会",我看到他递烟的手哆哆嗦嗦的,内心好像很激动的样子。我心里一沉:他为什么这样激动?难道我的钱……我不敢想下去,急忙跳下床,紧握双拳。

谁知他的动作比我还快!他竟一个箭步跳到我床前,以迅雷不及掩耳之势掀开我的被褥,掏出了一个脏手绢包。我顿时张口结舌起来。我看到他打开的手绢里包着二十元钱,还见他长长地吁了一口气。

原来,他也把钱藏在了我的被褥底下。他对我说了句什么我没听清,在他一转身的工夫,我以极快的动作把手伸到了他的被褥底下,万幸,我摸到了我的钱。我偷偷地一点,正是两千元,一分不多,一分不少……

(葛 亨)

大理石工作台

查比在君士坦丁堡生活了五十多年，他有个爱好，就是喜欢"研究生活和工作的各种方式"，他最看不惯的，就是那些不按照"规律"生活和工作的人。

有一天，查比到外地去，偶尔路过一家木匠铺，有一个奇怪的现象令他站在原地久久没有挪步。

此刻，木匠铺里有个四十多岁的大汉，蓄着黑黑的小胡子，正在卖力地挥斧干活。而令人不可思议的是，木匠的工作台是用精美的白色大理石制成的！

查比揉揉眼睛，确信自己没看花眼，心里不由咕哝起来：怪事，我活了大半辈子，看到的木匠工作台都是用木头做的。这小子难道是天外来客? 要知道凡事必有一定之规，谁违反了谁就会倒霉的! 查比再也按捺不住，一抬脚就走进了这家木匠铺，他要好好劝劝这个违反生活方式的人。

木匠见有人进铺，以为来了生意，赶紧放下手中的斧子，热情而又骄傲地说："先生，有什么事要我效劳吗? 我可是世界上最好的木匠!"

查比用手指指那大理石工作台，问："这东西是怎么到你这儿来的?"

木匠一拍胸脯，得意地夸道："这是我特意做的，怎么样，我的手艺没人能比吧。"

查比禁不住摇起了头，连声埋怨道："糊涂，糊涂，老弟，你一定是疯了。"

"你、你……这话什么意思?" 洋洋自得的木匠被这番话弄得一头雾水，瞪着双眼直直地盯住了查比。

查比见对方不开窍，脸色变得严厉了："你说，一个精神正常的人会拿斧子在大理石上砍吗? 稍一失手，大理石碎了，斧子也坏了，这可是违反生活方式啊。"

"噢——" 木匠到这时才弄明白是怎么回事，脸上又露出了自负的神色，"先生，我做了二十多年木匠，在这个工作台上也干了十五年，从来没有失手过。"

"一次也没有?"

"当然喽，不信你自己看吧。"

查比走到大理石工作台前，他从口袋里掏出眼镜戴上，然后仔仔细细地看了半天……确实，光滑的大理石表面找不到一丝裂纹。查比心里不甘认输，他总觉得这种工作方式是违反规律的，又一次摇起了头："见鬼，正常人是不会这样干的。"

"你说什么?"木匠不高兴了,"我相信自己的能力,才做了这张大理石工作台。再说,我的斧子想砍哪里就砍哪里,你管得着吗?你这个多嘴的家伙,给我滚,滚!"

查比气得脸都白了,抬头瞧瞧面前这个五大三粗的大汉,自知再待下去没好果子吃,只得转身怏怏离开木匠铺,走出好远,他忍不住回过头大声说道:"你当心点,明天你准会失手,一斧子劈碎大理石工作台!"

查比是个倔脾气的人,他从不肯轻易放弃自己的观点,为了证明自己没错,他走遍了附近的店铺,把那个木匠的情况打听得一清二楚。

原来,那个木匠叫阿里,住在瓦连街7号,他不久前刚刚娶了个老婆。论木匠手艺,阿里在当地确实赫赫有名,只要一提起"阿里",所有的人都会伸拇指:"他一辈子没有敲歪过一根钉子。斧子到他手里,就跟长了眼睛似的,保证万无一失。""像阿里这样在大理石工作台上做工的木匠,恐怕在欧洲也找不到第二个……"

人们越是这样称赞阿里,查比心里越是不服气,根据他的研究心得,任何事都不会是无懈可击的,手艺高超的阿里也应是如此。只要让那家伙分一分心,一斧子下去就会有好戏看了。查比决定要教训一下这个不知天高地厚的家伙。

很快,查比到对面的肉店买了一只烤好的小羊,然后雇一个搬运工拿着,一路打听,找到了阿里家。敲了几下门,里面就传来一个女人的声音:"谁呀?"

"请问,这是阿里木匠的家吗?"

"是呀,有什么事啊?"

"阿里买了一只小羊,求我替他送回家。"

很快,门打开一条缝,伸出两只白嫩的手,把羊接了,"砰"的一声,门关上了。

查比搓搓手,脸上露出得意的笑容:"嘿嘿,明天有好戏看了。"查比连家也不回了,就在当地找家旅馆住下,他要亲眼欣赏一下那个违反生活规律的木匠是怎样出丑的。

晚上,阿里木匠收工了,回到家坐下吃饭,他一抬头,不由惊喜地叫出声来:"太好了,亲爱的,你从哪里弄来一只羊?"

阿里老婆听丈夫问这话,觉得好生奇怪:"你真是糊涂了,这不是你让人送来的吗?"

阿里摸摸后脑勺,不解地说:"我、我什么时候让人送一只羊来?你想开荤,也不该用这种话来作为理由呀。"

阿里的老婆生性暴躁,见丈夫这样说,人一下子跳了起来,她双手叉腰,涨红着脸嚷道:"白天让人送羊来,晚上就说忘了,你是不是故意找碴子要和我吵架?"

阿里还在坚持:"我真的没让人送羊,我不会那样没记性。"

"那、那难道是我偷来的?白天确实有人敲门,问'这是阿里木匠的家吗'……"

"送羊的男人长得什么模样?"

"你以为我会去看陌生男人吗?我连瞅都没瞅他一眼……"

就这样,阿里夫妻俩为了这只烤山羊吵得不亦乐乎。这天晚上,阿里没吃晚饭,他心里充满了疑问,是谁这样莫名其妙地送一只羊上门呢?他会不会是想破坏我们的家庭?会不会在烤小羊里下了毒……

当晚,阿里没喝咖啡,也没抽烟,他有生以来第一次夜不成寐,睁着眼睛躺到天亮。

第二天早晨,阿里连礼拜都没做就来到了木匠铺,他打开百叶窗,由于神情恍惚,竟没看见站在附近的查比。

不一会,阿里拿起昨天没做完的木框,把它放在大理石工作台上。此时,阿里脑子里像装了一盆糨糊,他怎么也排遣不掉那只不祥的烤小羊:老天爷,到底是谁送来的?

阿里慢慢举起沉重的斧子,照准那只木框,用力劈了下去。凭感觉,阿里觉得事情有点不妙,可已经来不及了,只听"叭"的一声响,使用了十五年的大理石工作台被劈掉了一大块,阿里顿时傻了眼。

"嘿嘿,能工巧匠,出了什么事啊?"查比不失时机地出现在阿里面前,脸上带着胜利者的微笑。

阿里羞得无地自容,呆呆地站在那里,一句话也说不出来。

查比见状,反倒生出一丝恻隐之心:算了吧,别让他再胡思乱想了。于是查比就说:"木匠,那羊是我送的。"

阿里又气又急地问道:"你、你想干什么?"

"我嘛,只是想说明一个道理。"一说到自己的爱好,查比按捺不住兴奋,滔滔不绝地讲了起来,"谁都不能违反生活规律!木匠的工作台就应该是木头做的,赶快换一个吧。"

一个钟头后,查比得意洋洋地登上了返回君士坦丁堡的轮船。他心里感到特别舒畅,因为他既教训了一个自命不凡的木匠,又证明了自己的理论永远是正确的!

(张镜波 改编)
(题图:谭海彦)

汉斯老太的故事

这些日子，人人都在传说，孤寡穷困的汉斯老太藏有许多珠宝。

于是这天夜里，一个小偷悄悄潜入了汉斯老太的家。他在一只锈迹斑斑的铁箱上面发现有一张纸条，拿到窗前月光下一看，只见上面写着："在你来临之际，我已经享受了安乐死，因为我无法忍受病痛的折磨。为了不使你白来一趟，请打开铁箱。"

小偷怕有诈，先摸到汉斯老太的卧室打听动静，果然见汉斯老太已在床上安然逝去。小偷这才放心大胆地按亮电灯，打开铁箱。只见里面有一只小录音机，装有一盒磁带。小偷按了一下按钮，里面传出一个老太太的声音："在这世上，我没有亲人了，如果你想得到遗产，请以我干儿子的身份为我体面地举行葬礼。之后，我一定会让你如愿以偿的。"

小偷好笑地关掉了录音机，开始在汉斯老太的家中仔仔细细地搜寻起来。然而家徒四壁,一无所获。小偷失望至极,本想离开,但又怕会失去一次获得大批珠宝的机会,不得已决定先安葬汉斯老太再说。

葬礼过后,小偷便眼巴巴地等在家里,可一连等了好几天,什么事情也没有发生。他在失望和愤怒之际,蓦地想起了汉斯老太留下的那盒磁带,于是把磁带又重新回放了一遍,汉斯老太确确实实是那么说的呀:"……我一定会让你如愿以偿的。"

小偷气得暴跳如雷:"你这个该死的老太!"他又吼又骂,满屋子乱转,气冲冲地拿起录音机,刚要往地上砸,突然,又传出了汉斯老太的声音:"感谢你以干儿子的身份为我举行葬礼。请到我生前住的小院去,那里有棵梧桐树,我的遗产就埋在树下。"

原来是汉斯老太卖关子,两段话中间她故意停留了那么长时间,肯定是因为怕有人只拿遗产而不为她料理后事。此刻,小偷欣喜若狂,他一口气跑到汉斯老太生前所住的那座小院。敲开门,房东太太问小偷有何事,小偷说:"我干妈要我来取她生前的东西。"房东太太说:"可以,但你必须先付清她生前所欠的半年房租。"小偷毫不迟疑,立即掏钱。房东太太说:"汉斯老太说过会有干儿子来替她付房租的,看来她是个诚实的人。"小偷也不理房东太太的絮叨,径直来到梧桐树下,挖了起来。果然挖到一只小铁盒。小偷抑制着狂跳的心,把小铁盒打开,没想到里面只有一张纸条,上面写着:"我身无分文,但我有一个不笨的大脑。诚然,我只有利用我的这个大脑来安排我的后事!我给你的遗产就是:我会在天国向上帝说你的好话!"

(汤礼春)
(题图:张恩卫)

减肥水车

小诸葛很精明,但不走运,做生意亏了血本,不得不跟父亲在山上种十来亩苞米。偏偏这年天大旱,整整三个月只出毒太阳,滴雨未下,苞米都快枯死了。山脚下有个大水潭,水却上不了山。小诸葛只好和父亲天天挑水救苞米,累得骨头散架。

这座山紧贴着城市,城里人吃饱饭没事干,就早晚到山坡来跑上跑下。真是人比人,气死人呀!

小诸葛问城里人:"你们跑上跑下干什么?"

城里人说:"减肥。"

小诸葛这才注意到,在山坡上跑上跑下的人,确实个个肥嘟嘟的。

小诸葛对父亲说:"这么多城里人天天跑上跑下,浪费多少劳力。

我要变废为宝,让他们帮我们浇地。"

父亲说:"我看你在白日做梦,人家会帮你挑水?"

小诸葛说:"我有办法。"

第二天,小诸葛借来一架龙骨水车。他亲自动手,把水车的摇柄改造成一个大转轮,转轮上有12块踏板,画上十二生肖的图画。改好后,小诸葛就把水车安装到山坡上,在转轮上面搭一个棚架,棚架两边贴一副彩纸朱书的对联,上联是"踏减肥水车你喜我乐",下联是"塑美好身材腰细肚平",横批是"坚持就是胜利"。

这天一大早,城里的胖人又结伴来减肥。他们看见龙骨水车,指指点点,谁也不知道是什么东西。小诸葛说:"这叫减肥水车,欢迎使用。"城里人立刻叫起来:"啊,你想赚我们的钱!"小诸葛说:"一律免费使用,分文不收。""有这种好事?"城里人听了半信半疑。

小诸葛说:"这样好了,我走开,任你们随便使用。"说完真的远远走开。

小诸葛一走,城里人就在水车上东摸西摸,又仔细端详棚架上的对联。看了对联他们兴趣大发,有个中年胖汉首先踏上转轮,转轮立刻转动起来,一动就拨他的脚,不由他不踏,踏得越快,水车就转得越快。转轮拉动取水叶"哗哗"作响,眨眼工夫,白花花的水就被车上山坡了。胖子们大叫:"水上来了!"一时欢声雷动。

小诸葛和父亲躲在草丛里,看城里人车上来的清水源源不断地流进干旱的苞米地。小诸葛捅捅父亲说:"有这些壮劳力车水,你就回家睡觉吧。"父亲大笑说:"你怎么想出这种办法?"

不久,城里人就知道小诸葛是借他们的力量车水浇地了,但踏水车确实比在山坡上跑上跑下有意思得多,所以他们明知被人利用也照踏不误。尤其是年轻的胖夫妻和肥恋人,双双踏车,你碰我,我碰你,其乐无穷,他们私下把水车叫"夫妻车"、"双人车"。

据说有一对夫妻要离婚,朋友提议他们分手前共踏一次水车,结果踏上水车碰几下,这对冤家竟和好如初了。

踏水车成了城里人非常喜欢的锻炼项目。喜欢的人多,车上来的水就多,小诸葛干脆把旱地改造成水田,种水稻,稻米吃不完就用来喂猪鸡鸭鹅,喂大了再卖给城里人吃。城里人吃胖身体后,就来踏车,拼命车水减肥,累得半死都不肯下来,一边车水一边喊:"坚持就是胜利!"

这年,小诸葛过春节时,又写了副对联:"城乡互动,良性循环",横批还是"坚持就是胜利"。

(阿　红)
(题图:李　加)

卤水点豆腐

王乡长从市里开会回来,首先就问飞机场征地的事。乡党委书记说:"其他村都已经解决,就剩沿河村了,唉,王磊这家伙软硬不吃,真难对付呀!"

王磊是什么人?是王乡长的堂兄弟,也是沿河村的村长,沿河村的事他说了算。王乡长对王磊是了如指掌,连他肚肠有几个弯都一清二楚。于是在听了书记的话后,王乡长把烟蒂一摔,说:"王磊好办,我去对付他!不出三天,保证他老老实实在合同上签字。"说完骑上自行车直奔沿河村而去。

王乡长在村委办公室找到了王磊。王磊一见乡长光临,一面泡茶递烟,一面吩咐会计准备午餐。王乡长说:"不不不,我今天主要是来看看弟妹和侄儿,中饭么就到你家吃,咱哥俩也可以好好聊聊。"

王磊先是愣了一下,随即笑道:"行啊,不过我有言在先,家里可没啥好菜呀。"王乡长说:"看你说的,自己人客气啥,杀只鸡比山珍海味都好。我就爱吃鸡肉。"

就这样,王乡长来到了王磊家里。

王磊和他老婆好一阵忙,终于将砂锅鸡端上桌,再加炒鸡蛋、炒肉片等等,摆了满满一桌。王磊又拿出一瓶汾酒,说:"今天我可是高规格接待你这位贵客,咱们边喝边聊,有什么话你就说。"王乡长来了个装糊涂:"没话没话,我只是想吃鸡喝酒。"就这样,哥俩三下五除二将一瓶汾酒和一只砂锅鸡吃了个精光。

酒足饭饱,王乡长看看手表对王磊说:"本来想跟你商量一下机场征地的事,但我下午有个会,下次再谈吧。"说完,起身告辞,匆匆而去。

晚上,王磊前脚到家,王乡长后脚也进了门。于是王磊只得又吩咐老婆备菜招待。哥俩又面对面碰开了杯。

一瓶汾酒见底后,王磊问道:"你看这机场征地的事……"王乡长挥挥手道:"今儿酒喝猛了,头晕,征地的事改日再谈吧。"说罢又摇摇晃晃地走了。

王磊知道明天这个乡长还会来,就吩咐老婆说:"下次他再来,别再特地为他炒菜,就用剩菜剩饭招待他。"

果然,第二天中午,王乡长又来了,一进门就说:"娘的,上午为了飞机场征地的事,在电话里让县太爷好一顿训,搞得一肚子气,特来借你的好酒好菜消消愁。"可到吃饭时,他朝桌上的菜一看就皱起了眉头,并对着王磊骂开了:"好啊,才喝了你两顿酒,你就把驴脸拉了下来,拿我当叫花子打发呀!论公我是乡长,是你的顶头上司;论私我是你堂哥,从哪方面说,你都该好好招待。难怪别人都说你是小气鬼,办事总是斤斤计较……"王乡长这番半开玩笑半认真的话,说得王磊哭笑不得,连忙吩咐老婆,撤去剩菜,重整杯盘。

很快,三碗六盘上了桌,色香味俱佳,王磊一咬牙,拿出三瓶汾酒,说:"你别说我小气,今天让你喝个够,免得老馋。"乡长笑笑:"这是干啥?想把我灌醉,看我演猴子戏?留两瓶晚上谈正事的时候喝。"王磊一听愣了。

酒过三巡,王磊把手一伸说:"乡长哥,拿来吧。"

王乡长故意装糊涂:"拿什么?"

"你别玩点子啦,把征地合同拿出来,我签字盖章还不行吗!"

就这样,一件被认为"老大难"的事情,在王乡长连喝三顿酒之后,圆满地解决了。王乡长把王磊签过字、沿河村委盖了印的征地合同交给乡党委书记,书记问道:"老王,你真有办法,用的是啥绝招?"王乡长说:"哪有什么绝招,无非是两天吃了王磊三顿,他就举手投降了。"书记一下子没转过弯来:"吃了三顿?可为了征地的事,我和几个副乡长到沿河村轮番轰炸,也不知吃了多少顿,可……"

王乡长笑了:"伙计,你们那是吃村里的,花的是公家的钱,别说两天吃三顿,就是一天吃十顿,王磊是越吃越有味。而我呢?吃到他家里去,吃得他心里痛到肺里,事情就好解决了,这叫啥?这就叫卤水点豆腐。"

(刘守志)
(题图:张恩卫)

胖考官的印章

李雨是个生活在美国的中国人,他打算去考个驾照。经过一番折腾,他考完了笔试,然后和管理局约好了路考的日子。

三个礼拜后,路考的时间到了。李雨从小害怕考试,虽然他以前在中国就会开车,可在异国他乡考驾照,还是有点忐忑不安。这天,他早早地来到了考试地点,一打听,知道自己的考官是个高高胖胖的白人,心里顿时凉了半截。李雨知道,有色人种在美国的地位其实并不高,尤其在加州,亚洲人特别多,往往会被白人穿小鞋。

路考开始前,那个白人胖考官用英语慢条斯理地问李雨:"你愿意我说英语、西班牙语、中文还是日文?"

李雨吓了一大跳,想不到这个考官竟会四种语言!他脑袋瓜一转,心想：对自己来说，中文虽然比较方便，但跟白人考官打交道，最好还是说英文，好在自己的英文说得很纯正，和母语也差不多，没准可以减少被刁难的机会呢。

路考开始了，李雨战战兢兢地驾着车，在车水马龙的市中心绕了一圈又一圈，最后回到了车辆管理局，他自己感觉挺顺利。停下车，李雨扭过头，小心翼翼地问坐在身旁的胖考官："我通过考试了吗？"

胖考官摆摆手，要李雨等会儿，说他要算算成绩。

这下，李雨的心可悬了起来：明摆着自己开得挺好，还要算什么成绩呢？谁知道这个胖考官会算出什么结果来，这不是故意刁难又是什么！

在等胖考官算成绩的五分钟里，李雨是如坐针毡，心里七上八下。

突然，胖考官问："嗨，你是哪里人？"

李雨心想，他果然没听出我的口音，吃不准我是亚洲哪个国家的人吧。于是李雨说："我是中国人。"胖考官又问："那你认不认识中文？"李雨把头点得跟鸡啄米似的："那当然！"他心里直纳闷，考官问这个问题干吗呢。

胖考官从身上不起眼的口袋里掏出一堆印章，放在厚厚的手掌心里，一个个地挑选着，他拿起一个，看看，放回口袋，再拿一个，又摇摇头，放回口袋，显然没找到他想要的。李雨偷眼一看，只见胖考官把一个上面刻着"Pass"的印章也收了回去——要知道，"Pass"就是通过呀！李雨的脑袋轰的一声，心想：死了死了，这次没通过……

想到下一次路考要等几个礼拜，李雨的情绪糟透了。顿时，一股怨气冲了过来，他暗骂道：死白人，臭白人，有种你来中国开车……

就在这时，胖考官终于找出了他想要的印章，在李雨的路考测验纸上盖了下去。李雨定睛一看，几乎不相信自己的眼睛，只见上面是两个大大的汉字:"成功"!

李雨以为自己花了眼，拿下墨镜，睁眼再看……还真的是两个端端正正的楷体字，天呀!

刚才还绷着脸不发一语的白人考官，这时转过头，笑眯眯地对李雨说:"这个印章不错吧? 是我到西雅图旅游时带回来的，我还买了西班牙文和日文的哦!"

李雨愣在那里，不知是该为通过考试感到高兴好，还是该为自己刚才对胖考官的误会感到抱歉才好。

回到家，李雨一言不发地把证书拿给妻子看。妻子当场笑倒，说:"你没考上，也别去刻个印章来安慰自己呀!"李雨费了半天劲，才让妻子相信这个图章是真的，他真的拿到了驾照。最后，李雨长长地出了一口气，说:"美国人也有很可爱的一面呀!"

(玲　慧)
(题图:安玉民)

抢劫之后

一对男女走进一家首饰店,售货小姐笑容可掬地说:"先生,想买些什么呢?"

"不许动!"男的突然从口袋里掏出手枪,朝售货小姐喝道。他随即迅速用小手锤敲碎柜台玻璃,用左手将柜台里的首饰装进口袋。与此同时,那女的拿着手枪一步冲入经理室,对正在办公的老板说:"快,把保险箱打开。"随后,她也尽数把保险箱里的现金装进自己的口袋。

整个打劫过程不出几分钟,等警察接到首饰店老板的报警电话赶来时,那对男女早已逃之夭夭。

再说那对男女打劫得手后,驱车来到一间林中小屋。两个人兴高采烈地将劫来的物品一一清点,男的在柜台里共劫得二十四件首饰,女的在保险箱里拿到了十万元现金。两个人乐得眉开眼笑,拍着手说:"这回咱们可是发大财了!"

晚上,他们饮酒加餐,庆祝打劫成功。

电视里正在播放当天新闻,正好报道那家首饰店打劫案,采访记者问及首饰店老板一共损失多少财物,老板说:"首饰共有二十四件,另外女贼在保险箱里劫走十万元现金和一串价值百万元的钻石项链。"

那个男的听到这,脸色就变了:"什么!你竟然一个人独吞那串钻石项链?快交出来!"

女的顿时脸色惨白:"天哪,我根本不知道保险箱里有钻石项链。"

那女的是个偷窃老手,她的底细男的清楚得很,此刻她当然休想在男的面前玩花招。于是,那男的将手中的酒杯往地上一摔,"嗖"的一下拔出手枪,指着女的说:"再不交出来,我送你上西天!"说完,"砰"朝屋顶开了一枪,以示警告。

不过这回那女的也不甘示弱,就是矢口否认。两个人正僵持不下时,突然有三名警察冲进屋来,原来他们是听到枪声闻声而来的。警察将屋里搜了一遍,人赃并获,便将这对男女押回了警局。

警察打电话去首饰店告之破案情况,并问及那串钻石项链。首饰店老板说:"对不起,我们根本没有那串钻石项链。但如果我不是这样说,那对男女匪徒会火拼吗?"

(梁炽基 编译)
(题图:胡国强)

请别说足球

今晚是欧锦赛的一场关键比赛,电视台有直播,可超级球迷阿伟却被老板安排加班,阿伟急得直跳脚。

好不容易熬到天亮,老板示意他可以回家休息了。阿伟连卫生间也没去,憋着一泡尿冲出公司,跳上最早的那班公共汽车。在车上,阿伟旁边有两个小伙子正在谈论欧锦赛,阿伟一听就紧张起来,双手使劲捂住耳朵,可他们的谈话还是钻了进来。而且,两个小伙子的话题很快就来到了昨晚的那场决赛。

阿伟赶紧大喊一声:"停!请你们不要再谈论下去了,好吗?"

两个小伙子生气地说:"你管得着吗?这里又不是你家,我们爱说啥说啥!"

阿伟掏出钱包，摸出二十块钱递过去："哥们，如果你们在我下车前不再谈论足球，我请你们喝茶。"两个小伙子疑惑地看了他一眼，又瞧瞧他手上的钞票，笑嘻嘻地接了过来："好说，那我们就为了你忍一忍吧！"

阿伟刚松了口气，忽然又听见后面有人在说足球。他回头一看，原来是个中年人在读报纸，而且刚好读到有关欧锦赛的内容。阿伟焦急地打断他："大哥，请你不要念出声，行不行？"

中年人抬头微微一笑："习惯了，我看报纸不念出声不行啊！"

阿伟又掏出钱包，给他递去二十块："给你二十块，请您在这十分钟内改变习惯，等我下车你再恢复吧！"

"好吧。"中年人装作一脸无奈地接过钱，把报纸收了起来。

阿伟正了正身子，忽然发现全车的乘客都在向他看过来。沉默了几秒种之后，他前面的老人突然和怀里的孙子谈起了足球……

阿伟摸摸钱包，知道这车不能再坐下去了，刚好到了一个站，他飞快地跑了下去，招手上了一辆出租车。

在出租车上，阿伟疲惫地往座位上一仰，心想：这回不会再有人说足球了吧？

可没过一会儿，司机打开了收音机，里面正在播报体育新闻。阿伟连忙喊："大哥，把收音机关了吧！"

司机说："等一会儿，我想听听欧锦赛的消息。"

阿伟惊呼："天啊，我就是不愿意听这个鬼消息！"

司机不解地问他："你就这么恨足球？"

"恰恰相反！"阿伟心急如焚地说，"我比谁都热爱足球，可昨晚的比赛我因为加班没法看，于是我让老婆在家把比赛录下来，现在就是赶回家看录像的。如果你告诉了我比赛结果，我再看录像，还会有激情吗？"

司机恍然大悟："可是，我还是想告诉你，昨晚的比赛……"

"不要说了！"阿伟从后面递过去二十块钱，"立刻把收音机关掉！"

司机看了看钱，眉开眼笑地说了句："好的，哥们！"

回到家，阿伟看到老婆正在拖地板，老婆一见他就说："昨晚的比赛……"

阿伟忙上前捂住老婆的嘴巴："亲爱的，看在我们是夫妻的分上，不要说了，我懂你的意思。"说罢，从老婆手里接过拖把。

当阿伟把地都拖了一遍，又把所有的窗户都擦干净后，他从冰箱里拿了几罐啤酒，"啪"打开一罐，然后美滋滋地往电视机前一坐，问老婆："好了，亲爱的，昨晚的比赛你都帮我录下来了吧？"

老婆漫不经心地说："我刚才就想告诉你，昨晚的比赛因故取消了，推迟在今晚举行。"

（张洪瑜）

（题图：顾子易）

全能型美女

蒋建是个标准的"高富帅",一心想找一位与自己匹配的全能型美女,可惜一直未能如愿。那些女孩子不是长相不过关,就是没内涵、没品位,都入不了蒋健的眼。

这天,有人给蒋建介绍了一位"白美才",介绍人拿着相片,信誓旦旦地拍胸脯说绝对相配。蒋建看了照片挺动心,就提出见面,可奇怪的是,对方说见面前要先熟悉一下,要和他在网上先"交流交流"。

于是蒋建与美女加了好友,聊了起来。第一天,美女就海内外局势侃侃而谈,蒋建觉得这美女颇有政治见解,见地不凡。第二天,美女和蒋健聊起了美食烹饪,蒋建是个吃货,勉强能对上点。他一边聊,心里一边暗暗欢喜,看来这可是位上得厅堂、下得厨房的美女呀!第三天,美女与蒋建在网上大战象棋,看得出她是位高手,几局下来,蒋建惨败。第四天,美女与蒋建大谈世界地理,蒋建自认为见多识广,也去过不少地方,可聊起来还是觉得有些跟不上趟了。第五天,美女的话题涉及摄影领域,光圈、定焦,一大堆专业名词,聊得蒋建在电脑前直抹汗。第六天,蒋建招架不住,借口工作忙,再也不敢上网。

周末,介绍人打电话给蒋建,问他感觉怎样,蒋建直呼自己高攀不上,此女肯定是外交部的,咋上知天文下知地理,博古通今?

介绍人告诉蒋建,女方表示,通过几天的网聊,已经初步熟悉,可以见一面了。蒋建受宠若惊,赶忙应约。

美女见到蒋建,笑盈盈地说:"和你网聊的,第一天是我爸,第二天是我妈,第三天我爷爷出马,第四天是妹妹,第五天是我哥。你还算不错,勉强通过了五关,所以我一定要亲自来看看了。"

蒋建狂晕。

(洪 亮)
(题图:包丰一)

人之将死

五十多岁的王局长住院治疗了一个多星期,但一直都不清楚自己到底得的什么病。这天中午他偷偷溜进办公室,匆忙中偶然看到自己病情的不幸消息:"王占山……肠癌……通知家属……"

王局长内心一阵酸楚,一种英雄末路的悲哀涌上心头,他顿时思绪万千……也许是行将就木的人常有的心理作用吧,他觉得以往曾做过不少受到良心谴责的事,但由于他一生谨慎,做事周密,从未有人察觉。这时,一个奇特而大胆的念头出现了。

他回到病房,刷刷连写了两封信——

高强:记得1985年组织部来人,准备把你作为重点培养对象,对你进行全面考核。我作为主要负责干部,说了一些不实之词,揭发你有"不正当的男女关系",结果让你背了十多年的黑锅……我快要死了,你能原谅我吗? 王占山 ×月×日

老张:我的老同学,我对不起你。当年你追求绛玲——后来成了我的妻子,她也钟情于你。那时我正害单相思,为了得到她,我写了封诬告信,说你"恶毒攻击旗手",害得你坐了好几年的牢……我将不久于人世,你能宽恕我吗? 王占山 ×月×日

王局长在信上分别署上名后,眼睛都湿润了,显然是被自己的真诚、悔恨和良知的回归所感动。他写上地址、贴足邮票,准备在适当时机寄出。

这时年近花甲的妻子来了,她告诉他,这个星期就可以出院。王局长听了,带着一副哭腔说:"你们都在骗我,我不久就会死的。"妻子认为他已被病给折磨得十分脆弱,没答理他,只管收拾东西,做出院的准备。

第二天一早,王局长便找来医生,不死心地问:"马医生,我还能活多久?请您说句老实话,我到底得的什么病?"医生被他搞得莫名其妙,说他患的只是大肠局部溃疡,明天就可以出院。为了证实一下,两人来到装病历卡的档案柜前,才发现由于护士粗心把档案柜上的姓名搞错了。

一场非同小可的虚惊!这时欣喜若狂的王局长如青春附体,到病房,一边哼着小曲,一边麻利地收拾自己的东西。当他拉开床头柜的抽屉时,吓坏了,那两封信已不见踪影。刹那间,他脸色煞白,汗流浃背。等到下午,他妻子来了,见丈夫的模样大吃一惊,连忙问道:"你这是怎么啦?""我的信,我的信呢?"王局长拍着腿,大声叫道。

"我替你寄出去了。"

"寄出去了?"

"嗯,就投到咱们楼下那个邮筒里。"

王局长听后无力地瘫了下来。十多分钟后,才醒过来。他不仅重重地捆了妻子一耳光,还一边左右开弓打自己嘴巴,一边歇斯底里大骂自己:"我这个混蛋!怎么会写出那些东西哟!傻瓜,王八蛋……"

他知道,那些见不得人的东西,一旦送到朋友同学的手里,将意味着什么。这一夜,他睡在家里,但却是在噩梦中熬过来的。

第二天,有人敲门。听到敲门声,他就胆战心惊,待他将门打开,便吓得倒在沙发上。来人问道:"请问,您家这两天谁写过信?"

"我、是我。"王局长回答时有些吞吞吐吐。

来人说着话,拿出一张烧剩下的纸片,那是信封底部写着寄信人地址的一块纸片:"这是您寄的信?"王局长一惊:"怎么烧了!"

"我是邮局的,你们楼下那个邮筒被人塞进了未熄灭的烟头,信差不多都烧了。剩下这些留着寄信人的地址的纸片,我们尽可能通知到,让各位重写。"

"都烧了,一封也没留下?"

"是的,全烧了。"

"吁——"王局长长长地吐了口气,把邮局同志送走以后,他一个转身,连打了两个响指:"哈哈,烧得好!烧得好!"又迅即掏出打火机,"啪"地点燃,把剩余的纸片烧了个片甲不留。

(杨　林)
(题图:施其畏)

师傅还留一手

有个小伙子跟田师傅学石雕,进步很快。一天,小伙子支支吾吾地说:"师傅,徒儿的手艺已学得差不多了……"

"想出师?"田师傅看了小伙子一眼,"好啊,才念三天经就想当和尚啦!既然你学会了,那就出师吧!"小伙子打点行装,与田师傅辞别了。

回家不久,小伙子就揽到了一笔雕108尊罗汉的活儿。小伙子的手艺果然精湛,一尊尊罗汉雕得无可挑剔,人见人夸。然而,当他做最后一道工序——打磨罗汉手指时,却傻了眼:无论他怎么小心,手指总是会折断,接连试了几次都磨不出一只完整的手指。这下小伙子的汗下来了:难道师傅还留一手?

第二天,小伙子忙提着礼品来到师傅家,诚惶诚恐地把这事说了一遍。田师傅没吭声,只是点了根烟,猛吸一口,拉长声音说:"好烟啊——"

小伙子顿时开窍了:师傅不是喜欢抽烟吗?他赶紧到外面买上一包好烟,再次来到师傅家请教。哪知,田师傅接过香烟后,"扑哧"一笑,抽出一根,放在鼻子下闻了闻,赞许道:"好烟——"

小伙子一惊:还要烟啊?他咬咬牙,又买了一条烟,毕恭毕敬地说:"师傅,您有什么绝招,快说吧!徒儿那里工期紧,耽搁不起啊!"不料,田师傅收了香烟后,仍然不紧不慢地说:"好烟——"

小伙子再也按捺不住了,涨红着脸说:"师傅,你……你到底还要多少烟,你就明说吧……"

这时,一旁的师母过意不去了,给小伙子递了个眼色,说:"咳,你怎么没跟你师傅一样学会抽烟呢……"哪知,话说一半,田师傅干咳了几声,师母把话噎了下去。

小伙子觉得师母话里有话,难道雕罗汉真的跟抽烟有关系?于是,第二天,他在打磨手指时,活干到一半,停下来学抽烟,刚抽一口,就呛得他鼻涕眼泪一起流。小伙子忍着把一支烟抽完,接着再干,神了,一只完整的手指做成了!

小伙子找到了窍门,喜出望外,跑到师傅家报喜讯,并问这里面有没有什么道理。

师傅哈哈笑道:"你怎么聪明一世,糊涂一时?石头连续打磨容易发热,我中途停下抽烟,是让它自然冷却,这样就不会断了。"

小伙子惊讶不已:"哦,原来如此!这么说,干我们这一行的非学会抽烟不可喽?我可不会抽烟呀!"

田师傅把脸一板,说:"谁让你学抽烟了?抽烟既浪费钱,又危害健康,你可千万别学呀!"

小伙子不解了,问:"师傅,既然您知道抽烟的危害,咋还抽啊?"

田师傅白了小伙子一眼,没好气地说:"你以为我天生就爱抽烟啊?还不是学这道工序时,给我师傅弄上瘾的!"

(谢元清)
(题图:顾子易)

甩不掉的 4

老赵到水果摊上买瓜，挑了一个，一称，14.4斤，他连忙说大了大了，随即换了一个11斤左右的，可老赵又嫌这瓜小了怕不熟。摊主接口说："包熟包甜包沙瓤，可以开开看，不好您不给钱就是了。"可老赵不领这个情，立刻摆摆手，说："不用不用，我还是买个大的算了。"

其实呀，老赵这么换来换去，并不真的是嫌瓜怎么样了，而是特别怕"4"字沾上身，太不吉利！第一个瓜他不要，是因为有两个"4"，这可使不得；第二个瓜虽说是11斤，可老板说每斤按四毛算，不正好是四块四吗，这他就更不愿买了。

老赵装模作样地又拣了一个瓜，摊主不厌其烦地再次过秤，整整14斤。要说，这个他仍然不怎么合意，但毕竟只有一个4，再说已经换过了两次，也不好意思再计较，可付完钱，他又不乐意了，自己给摊主的是十块钱，这瓜钱是五块六，找回的不又是四块四么？这可不行，这找回的数字带4比给出去的带4还要不吉利。

老赵咬咬牙，磨磨蹭蹭地对摊主说："呃，老弟，再麻烦一下，这个瓜太大，我跟老伴儿两人一天吃不完，不如这个我不要了，买两个稍微小点的得了。"摊主有点儿不耐烦了，可看他是朝多里换，自己还能再多赚点，也就点了点头。于是老赵随意地拿了两个瓜一称，说道："一共22斤，八块八，你刚才给的五块六，再补我三块二。"老赵听了一愣，脸色陡然变得有些难看。真见鬼了，怎么咋躲都躲不开呢？这两个瓜八块八，不刚好相当于每个瓜四块四么？而且成了两个四块四！这咋行？

老赵一时懊恼起来，不知该怨谁好，看着等收钱的摊主，没好气地问："你的秤有没有问题哟？"摊主说："只多不少，你尽管去复秤好了。"老赵听了这话，灵机一动，拿起摊主的秤亲自称了一回，冷不丁地说："我说不对嘛，明明是22.1斤。"那口气像是被扣了秤似的，摊主奇怪地看着他说："那1两我让你了。""啥？"老赵较真道："那咋行呢？是几多就几多嘛。"边说边掏出三块三毛钱递给摊主。摊主被他弄糊涂了，只好说："应该是三块二毛四，我没六分钱找你，还是只收三块二吧。"

老赵笑着说："几分钱要你找啥呢？"

摊主琢磨着，这人一反一复的真够啰唆，简直是牛肉筋，最好别占他的便宜，说不定有什么花招。于是摊主佯装几分客气地说："您六分钱都可以让给我，我四分钱更应该让您呀。"老赵不明白这晦气怎么这么难躲，说来说去还是要给他四分钱，不由粗声粗气地说："你这人咋这么机械、这么啰唆呢？给钱你都不收，又不是向你要钱。"

摊主被弄得哭笑不得，觉得说他不过，就将那一毛钱收了下来。

老赵这才如释重负地吁了口气。

　　没多大会儿,老赵又回来了,可他并未扯皮,只是自圆其说地又买了一个瓜,然后安安稳稳地走了。原来,他回去一琢磨,那八块八毛四的瓜,正是由两个四块四再加四分组成的,这不成了五个4了么,五个4不仅4多,而且"五四'的谐音就是"我死"呀!

(老　土)
(题图:李　加)

错 位

双休日，老俞到建材市场选购木地板，转了一圈，最后在拐角处一家门面不大的店门口停住了脚。

店里一个头发花白的营业员见老俞似乎有意购买，赶紧迎出来，介绍说："我们店里供应的木地板质量上乘，因为店铺位置偏，所以卖得要比别家便宜，很划算的。地板都在后面场地上，你可以去看看。"

老俞看这个老营业员年龄和自己差不多，说话态度挺诚恳，加上他到后面场上一看，发现地板质量也不错，而且价格确实要比别家的便宜，于是很快成了交。老营业员对老俞说："你到里边付钱，我帮你去叫个车来。"老俞一听点点头，抬腿走进了店堂。

店堂里，靠墙的一张桌子后面，坐着一个二十出头的小伙子，看来他是店里的小老板了，正"咕嘟咕嘟"地喝着饮料，"呼呼呼呼"地吹着风扇。老俞把钱交给他,他开了张收据给老俞,然后一口气把饮料喝完,站起身来,随老俞走出店堂。

正巧这时候,那个老营业员把车喊来了,小老板对老营业员说:"钱我已经收了,你把这位先生选中的地板搬出来装车。"老营业员应了一声,连口气都没歇,立刻就忙碌起来。

老俞挑中的木地板,两平方米一箱,一共是三十三箱,每一箱的分量还真不轻。老俞一看,店里也没第二个营业员,全靠这个老的跑前跑后地搬,搬到最后一箱时,差点连人带箱摔倒。三十三箱木地板好不容易搬上车,老营业员累得气喘吁吁,满头满脸都是汗。小老板在一边催着说:"快发车吧,早去早回,说不定接着还有生意呢!"

这时,老俞突然想起一个问题来:"老板,我家住五楼,你们给搬上去吧?"小老板一口回绝:"我们只送到楼下,你要搬上去,要么加钱,一层二十元,要么你自己找人搬!"

老俞傻眼了:"这……这让我临时到哪里找人去?"老营业员看老俞挺着急的样子,抹把汗说:"要不这样,你加五十元算了,我帮你搬。"老俞一听,当然感激不已。

事成之后,老俞看老营业员累得腰都直不起来了,非把他让进屋歇歇不可,还关切地问道:"你这么大年纪了,还这么辛苦,那小老板一个月给你开多少工钱?"

老营业员一听,很自豪地说:"小老板?你搞错了,他是我儿子,在省城读大学,念企业管理专业,他这是放假回来帮帮我的。"

(李六合)
(题图:王申生)

罚你宣个誓

吴老汉和人家约好，9点之前要把菜送进城的，所以一大早就赶着牛车上了路。可进城门抬头一看，太阳都已经爬得高高的了。吴老汉怕落下时间，于是扯开嗓门朝老牛一声吆喝，谁知那老牛却突然站在街心不动了，牛尾巴一扬，当众屙起屎来，"噼里啪啦"眨眼就是一大坨。

吴老汉甩了老牛一鞭子："真是懒牛多屎尿！"正要继续赶路，忽听后面有人喊："停车，停车！"吴老汉回头一看，原来是一个长着一张南瓜脸、胳膊上套着个红圈圈、穿制服的人，正朝他走来。

吴老汉跳下车，"南瓜脸"问他："你的牛车咋回事，赖着不走哇？"吴老汉往牛屁股过指，南瓜脸过去一瞧，不得了！不过，他非但没捏鼻子嫌臭，脸上反而笑开了花。为啥？城里现在正在大抓市容卫生，规定不论人或牲畜,凡在大街上"方便"者,一律罚款,少则10元,多至50元。这么大一坨牛屎,这罚能轻得么?

南瓜脸向吴老汉指指自己胳膊上的红圈圈,随后把罚款条文说了一遍,手一伸,说:"你今天的情况特别严重,罚款50元!"

吴老汉傻眼了:我菜还没送到哩,怎么就先要罚款了?他央求南瓜脸说:"能不能少罚一点?要不,我把这坨牛屎清了?"可南瓜脸斜着眼,不答应。

吴老汉看看太阳越爬越高了,急得双脚跳:罚就罚,就当少摘了50斤青菜,再耗下去,别说要误了送菜的时间,万一这畜生再放泡尿,我可就亏大了。吴老汉从贴身衣兜里摸出50元钱,挺不情愿地交给南瓜脸,然后一纵身跳上车,准备要走。

谁知南瓜脸一把拉住他:"事情没完你就想走?"

"还罚啊?"吴老汉眼睛瞪圆了。

南瓜脸笑嘻嘻地说:"你别紧张,再罚不是罚你的钱,是罚你宣个誓。"

吴老汉听不懂宣誓是啥意思,愣愣地问:"啥宣誓?宣誓啥?"

南瓜脸指指他的牛,嘻嘻笑着说:"你得宣个誓,以后要像爱你的牛一样爱护市容市貌。这么说吧,就是你要保证,以后别让你的牛再在大街上拉屎拉尿,否则……嘿嘿!"

吴老汉一听,明白了:你们城里人说的宣誓,原来就是我们乡下人发毒誓的意思。他心想:卫生是得人人讲,可这牛又不是人,哪能保证它绝对没个意外呢?除非把牛屁股那窟窿给堵上。吴老汉连连摇头:"这怎么能行?"

南瓜脸的脸顿时就拉长了,说:"不宣誓,这事就没完,你就不能走!你给我下来!"他不由分说硬把吴老汉拉下车,然后把牛车拉到路边,把牛拴到树下。

这是哪家的规定呀? 吴老汉大叫冤枉。

这时候,路人闻声都纷纷围了过来,都劝吴老汉,宣誓就宣誓呗,讲几句话又不花钱,怕啥! 可吴老汉不这么想: 毒誓怎么是随便发的? 发了就得做到,做不到以后要应验的呀! 吴老汉说啥也不肯宣誓。可他不宣誓,南瓜脸就不让他走,于是两个人就这么耗上了。

本来,南瓜脸一大早逮着个露脸的机会,心里很是得意,可是现在看吴老汉这么别着一根筋的样子,他急了,振振有词地冲吴老汉说:"你这叫'暴力抗法',知道不知道? 告诉你,我们抓市容市貌是动真格的,今儿个县里的领导正在开会研究怎么进一步加强执法力度呢,你倒好,想跳出来争个典型还是怎么的? 就冲你这态度,我告诉你,你现在就是想宣誓也晚了,起码还得再罚500元。"

"什么? 再罚500元?"吴老汉这下算是弄明白了: 你不就是想要钱吗? 事情到了这个地步,他索性较上了劲,脖子一拧,说:"我不宣誓,我也没钱,我看你能把我怎么样?"

"好呀,你这个典型我是抓定了!"南瓜脸"嘿嘿"冷笑一声,就动手去解拴在树上的牛绳子,"今天你的菜不要卖了,走,跟我接受处理去! 妈的,连人带牛,先关你个三天三夜,看你拿不拿出钱来!"

"你……"吴老汉气得大口大口出粗气。突然,他脑子一个激灵,朝南瓜脸一咧嘴:"哼,你扣我的菜也行,扣我的牛也行,不过出了啥事,这后果你得一个人顶着!"

南瓜脸没料吴老汉怎么突然说话口气就变了样,他指着吴老汉的鼻子说:"你别吓唬人,我今天是公事公办,就是天王老子来,你不拿钱出来就别想走。"

吴老汉乐了:"这话是你说的?"他悠悠地从裤袋里掏出烟来,点上,"吧嗒吧嗒"狠抽了两口,对南瓜脸道:"我劝你还是想清楚了的好,这后果你……"

南瓜脸心里有点发毛:"你什么意思?"

吴老汉不由笑出声来:"你刚才不是说,今儿个领导都在县里开会吗?"

南瓜脸点点头:"是呀!"

吴老汉挺得意:"开完会,领导总得吃饭,饭桌上总少不了蔬菜吧?"

南瓜脸暗吃一惊:"你是说,你这菜是送……送到县政府的?"

吴老汉越发得意:"嘿,他们食堂就看中我送的菜,特意关照说,今天领导有个会,吃饭的人多,让我9点之前一定把菜送到,别误了中午开饭……"

南瓜脸赶紧看表:我的妈呀,9点都过5分了!不得了,牵涉到领导的事,怎么能耽搁呢?他把牵牛绳往吴老汉手里一塞:"那你还不快走?"

吴老汉说:"急啥,你不是说还要留我三天三夜,还要罚我500元吗?"

南瓜脸知道吴老汉这是在说怄气话,为了让他快走,想来想去,只好把已经罚下的50元钱从口袋里掏出来,还给他。

可谁知吴老汉还是不肯走!吴老汉说,要去得让南瓜脸和他一块儿去,证明不是他吴老汉送菜送迟了,而是在南瓜脸这里被耽搁了。

看吴老汉这副不肯罢休的架势,南瓜脸心头直发怵,他急得汗如雨下,就差给吴老汉跪下了:"我的大爷,你快把菜送去吧,我不罚你钱,也不要你宣誓了,你还想咋的呀?"

吴老汉气呼呼地说:"咋的?你罚了也就罚了吧,还要宣什么誓,扣人又扣牛,还说要关我三天三夜。哼,我就不信咱政府会有这号子规定,你这不是在滥用权力么?你问我想咋的?我就想要告你去!"

"千万别啊!"南瓜脸哭丧着脸说,"我给你认错,认错还不行么?"

吴老汉一听南瓜脸要给自己认错,心里乐了,想了想,故意绷着脸说:"不告就不告呗!不过,你也得给我宣一个誓,以后不能再胡乱罚人,也不能胡乱关人!"

这容易啊!南瓜脸"啪"一个立正,冲着吴老汉举起了右手:"我宣誓:我要牢记职责,爱岗敬业,文明执法,热情服务,团结协作,顾全大局,严以律己,廉洁奉公……"南瓜脸嘴巴一张,一连串的誓词溜嘴就出。

"停停停!"吴老汉瞪着眼睛大叫起来,"原来宣誓就是这个样子啊?早知道这样,别说宣一遍,就是宣十遍我也给你宣了哇!嗨,这一套我见多了,我们村长、乡长就常这么说的。可光说不做有什么用?不行,你得跟我来真的!"

南瓜脸一愣:"怎么个真法?"

吴老汉抬头指指天上的太阳,教南瓜脸说:"我今天在这发个毒誓,以后再也不胡乱罚款了,再也不随便扣人了。如果说话不算数,我就是乌龟王八蛋,断子绝孙,天打雷劈……"

"这……这……"南瓜脸傻了,张着嘴巴,怎么也不敢跟着念。

(宾　炜)

(题图:黄全昌)

世间·颠倒记

shijian diandaoji

借我一双再一双慧眼吧,让我看透这个层层迷雾笼罩的世界。

文化站来了客人

位于国道旁的西平乡文化站方站长,最近老是发牢骚,说自己单位没有客人来,一年到头冷冷清清,嘴巴都淡出鸟来。

这一天,方站长刚上班,顶头上司林乡长就风风火火地推门进来,说:"老方,刚接到省文体厅的电话,说他们有一位姓刘的处长出差路过咱们乡,听说咱们乡《文化志》修得好,要来看看!"

一听说省里要来客人,全站人都高兴得跳了起来,方站长一把拉住林乡长的手说:"乡长,省里来客人难得啊,今天你可要亲自作陪喽!"林乡长朝他摆摆手:"我有急事要下乡,你们自己负责接待,午饭就安排在喜来楼,标准高一些,我已经给办公室主任交待好了。"说完,他就夹着公文包走了。

文化站来客人，可谓是久旱逢甘霖，方站长领受了任务就如同接到了战斗动员令，立即把全站人员集中起来，擦桌子的擦桌子，拖地板的拖地板，烧开水的烧开水……一切准备停当，客人果然来了，是一位西装革履、提着大公文包的帅小伙子。方站长亲切地叫一声"刘处长"，把小伙子迎进办公室，手下一帮人又是递茶又是敬烟，热情得不得了。

一阵寒暄过后，这个刘处长掏出名片说："方站长，我这次来有两个任务：一是听说你们《文化志》修得不错，想来看看，帮你们总结总结经验，好向全省推广；再一个嘛，省厅最近编了一套书，想请基层文化站帮助征订，请你们多多支持。"方站长一听，心里顿时打了个疙瘩：一年到头没人来，今天其实是来推销书的啊！可面对省里的领导，他哪里敢说个"不"字，只好恭恭敬敬地接过名片，满脸堆笑地问："请问刘处长，这书多少钱一套？"

"不贵，不贵。"刘处长摆摆手说，"全套书11本，只收480元。"随即又压低声音补充说，"其中180元是发行费，是给你们个人的辛苦费。"方站长一听，虽说有辛苦费，可毕竟一套书要480元，太贵了，他倒吸一口冷气，嗫嚅着说："刘处长，我们的经费……嘿嘿……经费有些紧张……"

哪知刘处长就像没听见他的话似的，从公文包里取出一大叠订书协议，递了过来："你看，有的乡镇一口气订了二十几套呢，对我们工作支持很大，听说你们是市里的先进，总不能落在别人后面吧？""那是，那是。"方站长见刘处长说话咄咄逼人，好不气恼，但又不敢得罪，只好唯唯诺诺地应付着，心里急得如十五只吊桶打水——七上八下。

刘处长见方站长犹犹豫豫的样子，"嘿嘿"一笑，又从手上的大公文包里拿出一摞印制精美的画册，说："这套书也不错，也是要求你们征订的,许多内容都是刚解密的历史档案,我保证你们订了不后悔!再说还有发行费,你们不吃亏嘛!""嗯,嗯。"方站长无可奈何地接过画册,漫不经心地一页一页翻了起来。

哪知他不翻不要紧,一翻吓一跳:画册上有一幅图跃入他的眼帘。他发现这幅图是初中历史课本上的,因为这几天他正好在给儿子作历史辅导的准备,而现在这本画册上的文字说明却是"旧社会的兵匪"。这是怎么回事?方站长脑子里的弦绷紧起来:难道这画册是伪劣货?这个处长是……假冒的?对了,他刚才来的时候没有出示省里的介绍信呀?

方站长这么一想再也坐不住了,借口要去卫生间,跑出办公室,想打110报警。可他掏出手机,心里不觉又犹豫起来:万一报错了呢?再说,真要报了案,上头肯定要派人下来查,陪时间陪精力不说,招待费肯定免不了……他犹豫片刻,心里有了主意:先得想办法弄清真假。如果确实是假的,撵走最省事。他脑子一转,重新回到办公室,把画册往小伙子面前一甩,说:"对不起,还是收起你这些粗制滥造的破玩意儿吧!"

小伙子一听,跳了起来:"你这同志,怎么这样说话?"大家也被方站长突如其来的举动惊得目瞪口呆。方站长也不多说话,"啪"从抽屉里拿出儿子的历史课本,翻到这幅图的那一页,往小伙子面前一拍:"你自己看看吧!哼,我们可是管这个的!"

果然,小伙子是个骗子,他一听这话暗暗吃了一惊,再一看图,就像吃了闷心拳一样不吱声了。今天是小鬼撞见阎王了,他赶紧收起画册,打哈哈说:"不好意思,我时间很紧,还要到别的乡镇去,就此告辞了,告辞了!"他边说边就脚底抹油般的溜出去了。

方站长看着小伙子狼狈逃窜的背影,如同打了胜仗般高兴,脸上露出了得意的笑容,他长长地舒了口气,却突然发现大家嘀嘀咕咕地正在悄声说着什么。他瞪着眼睛问道:"都怎么了?有话就说呀!"可是没人说话,大家都直瞪瞪地看着他。方站长点燃了一支烟,吸了两口,一看手表,忽然像想起了什么似的,把手一挥,对大家说:"赶快,都跟我来!"大家不知他葫芦里卖的什么药,一窝蜂跟了上去,三步两步来到大街上。

大老远,大家看见刚才那个自称"刘处长"的小伙子正急匆匆地在前面走着,方站长赶紧追着喊:"刘……喂,你给我站住!"小伙子回过头,看见方站长带着一大帮人正向他追来,吓得两腿直打颤:"你、你们要干什么?"方站长"嘿嘿"一笑:"不干什么,你跟我们走一趟!"小伙子脑子里"嗡"的一声:"完了,现在是老鼠钻牛角——无路可逃。"只好老老实实跟着走。

于是,方站长在前,一帮人把小伙子夹在当中,沿着大街一路走着。不一会儿,他们走到当街一家挺气派的餐馆门口,方站长朝小伙子一打手势:"请你和我们一起吃顿饭。"小伙子不禁惊讶万分:他们这是在唱哪出戏?

正当他云里雾里惊得不知所措的时候,从餐馆里迎出一个人来,乐呵呵地说:"这位就是省里来的刘处长吧,久仰,久仰!我是政府办主任,已在此恭候多时。刘处长,里边请!"小伙子一听这话总算明白了:原来这顿饭是吃公家的呀。他看了看他身后的那群人,心里说:"原来你们也和我一样姓'骗'呀?这顿饭是不吃白不吃了。"想到这里,他心里顿时轻松了不少,于是一抹头发,挺起胸脯,拿出领导的风度,说了声"大家请",抬步跨进了餐馆。

这时方站长扭过头来,把手一挥,对大家说:"现在其他话都别说,咱们一起陪省里来的刘处长吃顿饭!"大家对方站长的这番话自然心领神会,"轰"的一声就簇拥着小伙子,一起走进了餐馆。

这顿饭一直折腾到太阳西斜,一个个喝得舌头麻木、分不清东南西北,方才收场……

(谢元清)
(题图:魏忠善)

大鬼和小鬼

有个小鬼,是个新鬼,穷得叮当响。

有个大鬼,已经做了多年的鬼,富得钱都花不完。

于是小鬼就向大鬼请教,怎样才能脱贫致富。大鬼反正已经很富了,就毫无保留地说出了自己的致富绝招:"想挣钱很容易,你只要晚上选条阴暗的小路,在路边一蹲,看见有人过来就伸腿绊他一下,他一害怕,就会烧钱给你用。"

小鬼听罢,千恩万谢地去了。到了晚上,他找了条偏僻阴暗的小路蹲了下来,可这条小路太偏了,他等了大半夜,也没见一个人影。小鬼等得瞌睡都上来了,正打着盹的时候,忽然听见"咚咚咚"的脚步声,有人来了!他立即来了精神,把右腿伸了出去。

就听见一声闷响,奇怪的是那个人没被绊倒,小鬼自己的腿却被踩断了。

小鬼哭丧着脸去找大鬼,大鬼问他:"那人走路是什么样的声音?"小鬼说:"是'咚咚咚'的声音。"大鬼一摆手:"唉,怪我没给你说全了,走路'咚咚咚',说明他强壮有力,这样的人走路哪会磕绊,你要绊只能绊那种走路软绵绵、有气无力的人。"

小鬼记住了这个教训,第二天晚上就又去了那条路。深更半夜的时候,终于来了一个走路没声音、看上去软绵绵、有气无力的人,小鬼立刻伸出腿去,果然把那人给绊倒了。

那人重重地摔在地上,好半天才爬起来。只见他在地上找啊找的,想找出是什么东西绊了自己。他盯着小鬼看,小鬼哈哈大笑,冲着那人做鬼脸:"看吧看吧,你看不见我!"那个人真的看不见小鬼,也听不见小鬼的声音,他其实盯着的是小鬼脚旁的石头。他一边把石头捡起来,一边嘴里嘀咕着:"都是你,害我摔了一大跤。"他把石头重重地往地上一扔,巧了,正好砸在小鬼的腿上。

受伤的小鬼坐在路边忍不住"呜呜呜"地哭了起来,突然他感觉大地在震动,随着"嗵嗵嗵"的脚步声,有人气势汹汹地走过来了。小鬼吓得不敢哭了,拼命地往路边缩,生怕绊倒了那个人。可谁知那人没有被小鬼绊倒,却被那块石头绊倒了,正好重重地摔在了小鬼的身边。小鬼吓得一哆嗦,还好,那人看不见小鬼,也没有找石头算账,而是拍拍身上的土,急匆匆地走了。

小鬼哭丧着脸去找大鬼,把前后事情一说,大鬼高兴地说:"你就要发财了,明天晚上我陪你捡钱去。"小鬼将信将疑。

第二天晚上,小鬼跟着大鬼来到那条路上,果然有人拎着一大包纸钱来烧。可让小鬼吃惊的是,来者不是先前那个走路软绵绵的人,而是后来走路"嗵嗵嗵"的那个。

小鬼不解地问大鬼:"怎么会是这个人来呢?"大鬼笑着说:"先前那个走路虽然软绵绵,但他不信鬼,就算你把他绊倒了,他也以为是石头绊的他,扔了石头不就完事儿了?而这个走路'嗵嗵嗵'的呢,你别看他走得那么响,那是他故意放重脚步给自己壮胆的,其实他胆小得很,就算是石头绊的他,他也会以为是我们绊了他,他可信我们哩,所以今天一定会急着来给我们烧纸钱。"

小鬼还是不明白:"那怎么判断一个人是信我们还是不信我们呢?"

大鬼说:"那就要靠你自己察言观色了。"

小鬼长叹一声:"原来做鬼比做人还累啊!"

(阿　辞)
(题图:箭　中)

被诅咒的房屋

法国巴黎曾经发生过这么一个故事,它是由一个年轻子爵继承叔父遗产引起的。

这个年轻子爵是巴黎颇有名望的商界人物,过着年收入三万的舒适生活。不久前,他的叔父突然去世了,叔父平日聚敛财富,又爱财如命,如今撒手西去,将近二百万的遗产全部留给了年轻的子爵。

子爵在查点叔父的产业簿时,发现自己已经是胜利路一幢房子的主人了。这座房子租金相当高,在扣除了各种捐税以后,每年可净得租金八万二千法郎。子爵一向慷慨潇洒,心想:我叔父太过分了,房租定得这么高,像我这样有身份和地位的人,不该如此巧取豪夺。我必须立即把房租降下来,房客们肯定会称赞我的。

怀着这样高尚的目的,子爵立即召来那幢房子的管家伯纳德先生。"伯纳德,我的朋友,"子爵说,"你马上去通知房客,我要降低三分之一的房租。"

"降低房租?"伯纳德简直不敢相信自己的耳朵,他结结巴巴地问:"老爷,您是在说笑话吧,降低房租?老爷,您的意思是相反吧?""我一生从来说一不二,我的朋友,"子爵答道,"我再说一遍,立即把房租降低三分之一。"

管家感到啼笑皆非,不能镇定:"老爷没有仔细想过吧,降低房租,房客们会有什么想法,这种事情过去闻所未闻……""伯纳德先生,"子爵有些不耐烦了,打断他的话说,"我喜欢下属对我的吩咐立刻照办不误。"

伯纳德像喝醉了酒似的跟跟跄跄地出了子爵的宅第。他完全糊涂了,他怀疑自己是不是成了恶梦中受人捉弄的玩物。他连自己是不是原来的伯纳德都开始疑心了。"降低房租!降低房租!"他一遍一遍地喃喃自语,"要是老爷的叔父地下有知,一定会从墓地里跳出来,这个侄儿肯定是疯了。降低房租,降低房租,谁知道以后还会搞出什么新花样?准是吃多了撑的。"

伯纳德由于过分激动,到家时脸色变得很苍白,伯纳德太太和小姐都惊讶得齐声喊道:"天哪!怎么啦?你出什么事了?""没什么,"伯纳德的声音都变了,"什么事也没出。""你在骗人,"伯纳德太太说,"你肯定有事瞒着我,说吧,我是经得住的,新主人跟你讲了什么?他要把你辞掉吗?""要是辞掉那倒好办了,"伯纳德说,"你想想看,他亲口告诉我,他要降低三分之一的房租……"

"什么?哈哈哈哈——"伯纳德太太和小姐还没等他把话说完,就前俯后仰地大笑起来,她们以为子爵老爷一定是在喝得烂醉如泥的时候,作出这个荒唐的决定的。在她们看来,那些房地产主总是千方百计一有机会就提高租金,现在年轻子爵这种减租之举,岂非咄咄怪事?整整一个晚上,伯纳德一家一直争论不休,伯纳德太太和小姐甚至还想跑到子爵府上去问个明白,硬被伯纳德止住了。

次日清晨,伯纳德按子爵的吩咐,向全体房客宣布降低房租的重大消息。果然五分钟以后,胜利路的这幢房子陷入了人心惶惶的混乱状态,那些在同一层楼住了四十多年,原先彼此从不打招呼的人们,此刻却聚在一起交谈起来,反正没人肯相信伯纳德的话。有三个房客甚至联名给子爵打电话,告诉他这里发生的事,要他提防管家的神经失常。可是子爵的回电证实了伯纳德所说的一切,房客们不得不相信了,于是又纷纷议论起来:"老爷为什么要降低房租呢?""是啊,为什么呢?""他一定有充分的理由才这样做的。一个明智的人,决不会仅仅为了自己不图享乐而甘心放弃高额收入的,其中必有缘故,一定是有什么不可告人的秘密。"

于是每个人心里都在嘀咕:此事必有蹊跷,这个人一定是干过问心有愧的事,现在想要向社会赎罪。这不是一种用意善良的念头,即使他有忏悔之心,还是难免重犯类似的过错……

终于,一个房客忍不住叫了起来:"再不就是这座楼盖的质量有问题。"

"也许是屋顶不好。"六层楼的一个住户说。

还有人甚至认为子爵想要放火烧房,好向保险公司索取一笔巨款。

接着,奇怪的事情一件接一件地发生了:顶楼的房客们在深更半夜时听到了无法解释的异常声音;一楼一家房客的仆人傍黑时分到地窖里去取酒，说是碰上了已故房东，也就是年轻子爵的叔叔的灵魂，老房东手里还拿着房租的收据。于是人们更加焦躁不安起来，从害怕发展到恐怖。

二楼住着个绅士，家有金贵之物，一星期之后，他叫他的佣人送来了退房通知单。伯纳德把情况报告了子爵，子爵说："就让这个傻瓜搬走吧！"

到了第二天，三楼的一个房客，虽然没有值钱的东西可担心，也提出要退房。六楼的一些房客也开始仿效。从此，退房风一发不可收，到了周末时候，所有的房客都送来了退房通知单，搬出了这幢可怕的房子。

伯纳德惶惶然不可终日，他把所有的退房通知单都挂在大门口，每一张通知单上都写着"出租"字样。客人们来租房，一听说事情缘由，吓得掉头就走。

空房子迟迟租不出去，整幢房子从上到下空空如也，就连老鼠也因为找不到吃的东西搬走了，只剩下管家伯纳德提心吊胆地还留在自己的住处，受着折磨。伯纳德太太也不比他轻松，女儿为了早日离开这里，嫁给了一个年轻的理发师，而这种人在以前她是无论如何也不能容忍的。

终于，在一天早晨，伯纳德管家在做了一场可怕的恶梦以后，向子爵交出了房屋钥匙，也走了。

至今，胜利路那幢被诅咒的房子依然空着没人住，房子外面积满了灰尘，院子里杂草丛生，从来无人问津。这座楼的名声，坏到了连左邻右舍都受到牵连的地步。谁能想到，降低房租会招来这样悲惨的结果。

（王燕良　改编）
（题图：李　加）

连『降』三级

　　李铁云是新上任的常务副县长。这天,他接到了母亲从老家打来的电话,说父亲又降级了,从县上的饭店降到了邻村的食堂。

　　李铁云听了,不由叹了口气,这可是掉面子的事情。要知道,李老爷子是远近闻名的厨师,先前一直在省城星级大酒店掌勺。可是不知怎么的,年前老爷子竟然自降身份,去了县里的一家高档饭店烧菜。没多久,老爷子又降到了镇上一家小饭店,本应该就此打住了,可是万万没有想到,如今竟然又去了农村食堂。

　　李铁云真想不明白,老爷子虽然年纪大了,但是厨艺炉火纯青,是不是在省里干不下去了,不然为何自降三级呢?

　　李铁云决定回去一趟,他现在最担心的是老爷子的精神状态。十多年前，老爷子从国营单位下岗时，就暴跳如雷，最后得了重病。眼下的状况比十年前更糟，李铁云打算先探探情况，实在不行，就干脆让他老人家辞职养老算了。

李铁云驱车近百公里，来到老家。家里只有母亲一个人。

母亲说李老爷子去上班了，还说他自从到了村食堂后，连一天也没有闲着。

李铁云一愣，一个村食堂有多忙啊？他马上打电话给父亲。老爷子在电话里着急地说："今天客人不少，我现在很忙，你先休息吧。"说完就把电话挂了。

李铁云来了好奇心，他决定去食堂看看。他来到邻村的这家食堂。看得出，来这里吃饭的人还真不少，广场上停满了大大小小的轿车。他从门口往里一看，里面有几个妇女，有的在杀鸡宰羊，有的在用石磨碾小米。

这时，一辆小车停在食堂门口，下来好几个人。其中有人惊呼一声："这不是李县长吗？"然后过来一群人，把李铁云团团围住，这些都是这个村里有头有脸的人。

带头的村长诚惶诚恐地问："您何时来的，怎么也不打个招呼呢。今天巧了，省里来检查工作，您一起进去喝一杯！另外，也借这个机会，请您指导一下工作吧。"

李铁云忙摆摆手，说："我就是路过，周末了还指导什么工作啊？忙你们的去吧。"不管村长他们如何苦苦挽留，李铁云转身走了。

这天晚上，李老爷子很晚才回到家里。父子俩聊了一会儿家常，老爷子就坐在桌前看起书来。

李铁云有些好奇，走上前去，发现父亲看的竟然是一本关于烹饪的书。他问说:"您还用得着看这个?"

老爷子呵呵一笑,认真地说道:"活到老学到老嘛,如今新食材层出不穷,尤其是加工一些野味的时候,既讲究传统,又提倡创新,两者如何结合,大有讲究,不学习,就跟不上形势,就面临着淘汰啊。"

老爷子的这番话让李铁云很是惊讶。原本,他这次回来就是想劝老爷子想开些,但看目前老爷子的状况,哪有什么怨气呀。

夜深了,老爷子亲自下厨,炒了几个拿手好菜,转身又到里屋拿出一瓶好酒。李铁云一看商标,吓了一大跳,竟是一瓶茅台。

老爷子乐呵呵地说:"看不出来吧,爹也让你尝尝这正宗的好酒。"顿了一下,老爷子突然说,不能这样喝,就吩咐母亲给他们一人来碗小米粥,要把茅台和小米粥掺着喝。

李铁云忍到此时,终于忍不住了,小心翼翼地问道:"爹,您从省城星级大酒店一直降到乡村食堂,您真没怨言?"

一听这话,老爷子急了:"谁说我降了,实话告诉你吧,其实呀,我是连升三级。"

李铁云叹了口气,暗自琢磨,老爷子是不是受了什么刺激,怎么净说胡话呀?

老爷子见李铁云的表情,就较起了真来,说道:"你要是不信,就问问你妈,我工资是不是比原先多了好几千,接待对象的级别是不是高了好几级?"

母亲在一旁连说:"是的是的。"

李铁云却感到越来越奇怪了:在一个小食堂里上班,工资却多出几千块,这里的干部脑子有问题?

父子俩一边喝酒,一边聊天。李铁云慢慢了解了真相。原来从去年开始,领导们就开始战略转移,不在城里吃喝了。这样一来,乡村食堂就成了最好的据点。也正因如此,星级大饭店的高级厨师才被高薪聘来,现在乡村食堂才是真正需要他们的地方啊!

说到这里,李铁云有些疑惑地问:"纪委不是一直在突击检查,怎么还有人敢顶风作案啊?"

老爷子忍不住笑起来:"说你什么好啊,说重了是官僚主义,说轻了是书生气。老爸也教你几招。我们食堂有一批特殊的壶,是双层的,上面一层是小米粥,下面一层是茅台酒。在把手上有个不起眼的小开关,需要什么就倒什么。还有,你看饭桌上干部们边喝酒边卷旱烟,其实都是事先把软中华烟'开膛破肚',然后倒出里面的烟丝来用……"

李铁云反应过来,气愤地说:"中午,我还看见有人提着一兜煎饼进去,这里面肯定也有名堂!"

老爷子呷了一口酒,故意问:"你猜猜他们在煎饼里卷了什么?"他故意停了几秒钟,才说:"是龙虾、鲍鱼、海参这些名贵的东西。听说他们还准备在旅游区的山上留出一块地来,专门种特供菜,养特供鸡、鸭和猪!"

李铁云越听越气,没想到,竟然有人为了吃喝,如此乱搞一气。

就这样,父子俩聊了一夜,第二天上午,李铁云走了,临走时嘱咐老爷子好好爱惜自己的身体。

李铁云的母亲好奇地问老伴:"这茅台是你买的?"

老爷子回答说:"我哪里舍得买这个啊!这是用真瓶子装的假酒。儿子没有尝出来,看来他不经常喝酒,那我就放心了。"

过了几天,村长来食堂找李老爷子,说:"大叔,从今往后,您不必亲自下厨了,就做做管理工作吧,工资照开。"

老爷子爽快地答应了下来,不过他说:"我还有绝活没展示呢!要不,今天我就给您露一手?"

村长当然点头说好。等菜端上来的时候,众人都惊呆了,原来李老爷子今天就烧了三道菜,每道菜上面都有张卡片。第一道是醋溜白菜,卡片上面写着:清清白白;第二道是清炒莲藕,上面写着:亮亮堂堂;最后一道是拔丝山药,上面写着:千万莫沾。

做完这顿饭,李老爷子就辞职不干了。按照父子俩的约定,李铁云回去后就向省纪委汇报情况,上面很快派人来调查这个乡村食堂,不久,食堂就关门了。

这天晚上,李铁云跟老爷子打电话,谈起这事,他感激地说:"爹,多亏了您的提醒,这回总算刹住这股胡吃海喝的歪风邪气了。"

谁知,老爷子在电话那头长长地叹了口气:"食堂是关了,可村里又安排了几个年轻厨师,外出培训去了。"

李铁云连忙说,这样好,学点技术,造福村民呀。

老爷子却说:"你不知道,他们这是在搞技术储备呢!等这阵子风声一过,这批学成归来、身怀绝技的厨师又该上岗了。"

(赵　谦)

(题图:谢　颖)

档次

　　张科长平时公务很忙,整天都要陪局长干这干那,在科里工作那么多年,大伙还真没跟他一块吃过饭。一天,不知是谁顺口提起了这件事,科长当时就爽快地表示,晚上要和大伙儿撮一顿。

　　下班后,大伙儿拉着科长来到了一家中等大小的饭店,选这家饭店大伙儿是经过商量的,这儿的菜味道不错,价格适中。在这里吃,一方面照顾了科长的钱包,另外一方面也不会让科长觉得太丢脸。谁知进了饭店后,科长并没有大家想象的那样高兴,仿佛对饭店不太满意。点菜的时候,他不顾大伙儿的阻拦,点了一大桌子的菜,还总挑贵的点。

　　大伙儿很快悟出了科长的意思,科长是在怨他们看不起他,挑的饭店档次太低。科长的脸直到两杯酒下肚后,才见了笑容。

吃完饭,一看账单,科长面有愁色,他在服务员耳边嘀咕了几句,才拿出信用卡付账,这让大伙儿很是不解,难道科长又嫌饭菜贵了,跟服务员还价?

等服务员提着十几只烤鸭进来时,大伙才知道科长是要送大伙烤鸭,"科长,我们又吃又拿怎么行啊!""对!说什么咱们也不能要,不能让您太破费了!"一时间,大伙都客气起来。科长看拗不过大家,涨红着脸说了一句:"各位,告诉你们实话吧,这钱不是我自己掏的。咱们吃的档次太低了,不再凑点儿,我回去怎么以咱局长的名义报销呀?谁会相信局长一顿饭只花这点钱?"

科长这话一出,席间顿时安静了下来。

(覃　子)
(题图:李　加)

多情的奶牛

飞抵荷兰

彭副市长特别爱出国旅游,虽说中央三令五申,禁止以考察学习的名义到境外旅游,但彭副市长总能想出法"曲线出国",而且每次考察组组长总是彭副市长。

这次,彭副市长听说畜牧局的负责人许兴旺准备申请一干人员到荷兰考察,彭副市长立马来了精神,这次去荷兰可真是大好机会呀!因为畜牧局的负责人找一个畜牧业比较有名的国家去考察,那可是"专业对口"!荷兰的奶牛世界闻名,此行去考察荷兰奶牛,合情合理;而他彭副市长是市领导,带领畜牧局的一干人员去荷兰考察,名正言顺嘛!果然,申请报告很快得到批准，彭副市长一行人立马飞往荷兰。

考察组下榻在荷兰一个著名的度假村里，度假村里设施应有尽有，还有一个奶牛场。

第二天，考察组来到牛场。说是奶牛场，其实奶牛们的主要任务不是产奶，而是作为一个富有荷兰特色的景点向游客展示。奶牛场周围有一些小摊点，卖的是奶牛爱吃的食品，游人可以在那里买些食品，送到奶牛的嘴里，和奶牛亲密接触。

许兴旺让手下买了一些食品，大家各分了一些，彭副市长也兴致勃勃地领了几袋食品。这时，奶牛四周已经围了一群外国游客，游客们都争先恐后地把手中的食品喂给奶牛吃，可是奶牛们根本不买账，它们一副酒足饭饱的样子，自顾自地甩动着尾巴，对游客不理不睬。

情有独钟

许兴旺领着考察组一行人挤进人群，来到奶牛面前，许兴旺迫不及待地率先举起手中的食品递到奶牛嘴边，甜言蜜语地哄奶牛吃，可奶牛们根本不赏脸，它们不耐烦地瞪起了牛眼，许兴旺吓得悻悻而退。

彭副市长呵呵一笑，当他把手中的食品递到奶牛嘴边时，奇怪的事情发生了，奶牛这时突然变得温顺无比，它们低眉顺眼，喜笑颜开，有几头奶牛还亲昵地用脑袋蹭着彭副市长。

彭副市长笑哈哈地说："呵，这荷兰奶牛对咱可是情有独钟啊！"许兴旺顺势说道："就是就是，就连牲畜都被您的人格魅力征服了。"

彭副市长又饶有兴趣地打开一袋食品，把食品递到奶牛的嘴边，奶牛很配合，嘴巴一张，食品就落到嘴里。许兴旺又恭维道："同志们啊,你们看到了吗?刚才我和其他那么多人给奶牛喂东西,它们就是不吃,可副市长一喂它们,它们就乖乖地吃了,这是为什么?这说明咱们彭副市长有亲和力啊!"

周围响起一片赞美的附和声,彭副市长也很得意,慈祥地点着头,用手一一拍着奶牛的脑袋说:"这些奶牛不错,这些奶牛不错!"奶牛含情脉脉地张着水汪汪的大眼,对着彭副市长一往情深地长"哞"一声。

许多外国游客被吸引过来,他们围在彭副市长周围,饶有兴趣地观看这些奶牛和彭副市长亲昵着。许兴旺嘴上虽然没说什么,但心里觉得很奇怪:"为什么我喂这些奶牛吃东西,它们不吃,可彭副市长喂它们就吃呢?难道是奶牛现在肚子饿了?不行,我得再试试看。"想着,许兴旺又挤到奶牛跟前,把那袋食品又递了过去。

没想到,奶牛看也不看,闻也不闻,高傲地把头扭过去,许兴旺很没面子,周围响起了一片哄笑,他讪讪地对副市长说:"领导,能不能麻烦您帮我做一个实验?请您把我的食品递给这些奇怪的奶牛,看它们吃不吃?"

水落石出

彭副市长爽快地说了声"好",他接过许兴旺手中的食品袋,把食品递到奶牛嘴边,让所有人大跌眼镜的是,奶牛竟然也爽快地把食品接到嘴里!

看到此情此景,周围立刻响起一片惊叹之声,彭副市长高兴得合不拢嘴,考察组的其他人也感觉到脸上增光添彩了,不由得鼓起掌来,许兴旺也只得跟着鼓掌,但是他心里纳闷,为了弄个清楚,许兴旺叫来了管理员。

　　许兴旺问管理员，为什么这些奶牛另眼看人，不吃他递去的食品，管理员说："这不足为奇，据我所知，不仅我们这里的奶牛对这位中国先生很友好，就是其他度假村的奶牛对他也都十分友好。"

　　"哦？这是为什么呢？"大家都感到很疑惑。

　　"是这样的，尊敬的先生，"管理员不紧不慢地说，"这些幸福的奶牛们对这位中国先生如此多情，是因为奶牛们和这位中国先生很熟悉了，把他当成了自己最好的朋友，对他没有戒心，对他温顺听话，要知道，这位先生今年已经先后三次下榻我们度假村，和这些奶牛结下了深厚的友谊。"

　　一位欧洲游客带着羡慕的眼神来到彭副市长面前，问道："先生，您是中国的富人吧？您总能很轻松地到个很奢华的地方来游玩，您应该就是你们中国人所说的大款吧？"

　　考察组的人一片沉默，外国游客都屏息等待回答，彭副市长此时真恨不能把脑袋藏到裤裆里去。

（杨还珠）
（题图：魏忠善）

感动观众

市电视台的"王牌主持人"小西正在为策划一个春节晚会的节目而发愁。这一天,在下班回家的路上,他被一阵抽泣声吸引,循声望去,不远处的电话亭里,一个女孩子正在那里边打电话边哭。小西情不自禁地走了过去,一眼就可以看出,这是一个从乡下来城里打工的女孩,年龄不过十八九岁,她正满面泪痕,哽咽着对着电话那端说:"妈,今年春节我回不去了,你一个人在家,要是寂寞了,多往乡亲们家里走动走动,别舍不得买肉吃……妈,我想你。"这最后一句,让小西的鼻子也有些发酸。也就在这时,他脑子里灵光一闪,一个绝妙的选题产生了。

女孩挂上话筒,小西立即上前拦住女孩,问她叫什么名字。

女孩一眼就认出小西,当即破涕为笑,兴奋地嚷起来:"我最爱看你主持的节目,每期都看!我叫李芳,在三农服务城建筑工地打工。我是做饭的,管民工们的伙食。"

"我刚才听你打电话,你好像说,春节不回家?为什么呀?"

李芳的脸顿时又阴郁下来,她嗫嚅道:"我没回家的路费。"

"就这?"这句话问出口小西就后悔了,但为了他突然冒出的选题,小西还是启发她,"你就不能说一个让人觉得你很伟大的理由?"

李芳一下子就乐了,调皮地眨巴一下眼睛,说:"当然有啊!我们的工程任务紧,很多民工都不能回家,我是做饭的,我回家了,大家吃啥?"

这鬼丫头!小西哈哈大笑起来,这丫头脑子转得快,伶牙俐齿,说出的话也上得台面,是上电视的料,就是她了!小西当即详细地了解了李芳的家庭住址,然后给了她一张"春晚"的门票,让她除夕夜去电视台现场看春节晚会的演出。他并没说想请李芳演节目的事,他这个节目,演的成分不算太多,要紧的是感情的自然流露,更何况,过早地说出来,他怕李芳会紧张。

事情办妥后,小西开始字斟句酌地设计自己的台词,挑选音乐。

转眼,就到了腊月二十八。那天,小西专门请人去了趟千里外的乡下,把李芳的妈妈接过来。

李芳的妈妈五十多岁,土里土气,满面菜色,瘦弱不堪。她一下飞机就着急地问小西:"我女儿呢?你们不是说接我来与女儿团聚的吗?"小西为了能成功营造出现场的轰动效应,就说:"我会让你女儿来与你见面的。但不是现在,得等到除夕夜。"

"为什么要等到大年夜?"老太太焦急起来,"是不是我女儿出了啥事?要不,你们怎么会用飞机把我接来?接来了又不让我立即见她?"老太太越想越觉得女儿出了什么事似的，眼里顿时就有了泪。这也难怪，她哪见过人家这样好心？女儿要是好好的什么事也没有，人家干吗要花钱请她坐飞机来？这样的事，她活了一把年纪，才见过一次，那就是去年，村里当兵的蛋子所在的部队来人，接蛋子的父母去部队，结果，是因为蛋子在抗洪抢险中牺牲了。

小西知道老太太误会了，只得解释："李芳好好的，啥事也没有。我们接你来，就是做节目。之所以要等到大年夜才让你俩见面，为的是要拍你俩见面那种激动高兴的情景。你们要早见了面，这效果就差了。"

"胡说！芳芳是我女儿呢，我啥时候见到她都高兴，见一百次高兴一百次！"

小西解释了半天，老太太就是不能理解他的意图。没办法，小西只得领她先在宾馆住下，再派个工作人员看着，不让老太太乱跑。

小西回到台里，一天的工夫，工作人员打来好几个电话，都是汇报说老太太吵着要见女儿。小西正忙着呢，火了："你就不会解释吗？说清楚，推迟见面，是节目的需要。"工作人员委屈地说："解释了，但她一个乡下老太太，就是不理解我们这样做的意图。你不也解释过了吗？你知道，她不听的。""不听拉倒！""春晚"在即，小西忙得不可开交，哪有好语气，"要是都请这样的人做节目，我们一年能做几个节目？你给我看住她就成，别让她出什么事。"

转眼就到除夕了，老太太已经在宾馆住了两天，工作人员将她领到了电视台。老太太快急疯了，见了小西就问："我女儿到底出了什么事？"小西解释，什么事也没出，只是还没到见面的时间，他们需要她母女突然相逢的那一份感动，那一份由衷的喜悦，见面早了，到时不能出彩。老太太不懂节目，更不相信小西的话："我说过，我啥时见了女儿，都高兴。

你们别瞒我了，芳芳出了啥事，你们就实说，我挺得住。"小西真的烦了，早知道这老太太这么难缠，就该换个人了。但现在一切就绪，换人是不行了，他只得将老太太关在办公室里。

他打电话叫李芳过来，李芳来了，问他有什么事，他说："我就是想让你知道一下你们正在建设的三农服务城的意义，这是市政府专门为了服务于你们农民兄弟而设立的项目，它建成了，就……"李芳接口说："我知道，那里将是农药、化肥、种子的正规销售点，是水果蔬菜的中转站，直接为农民提供最好的服务。"小西本来是想提前给李芳灌输一点东西，好让她等一会儿讲话时能跟上自己的思路，能上台面。现在看来，这丫头什么都懂，自己不用担心，他便说："那好，你都知道，我就不多说了。李芳，你去吧，去看演出。"

谁知就在这时，老太太在办公室里叫了起来："李芳？是不是我的芳芳？"李芳一愣："谁呀？屋里好像是我的……"这会儿可不能让她母女见面，要不，前功尽弃了。小西吓得赶紧拉着李芳的手就往演播室走，一边走一边哄她："那里面是我们的一个演员，在里面排戏呢。"

春节晚会很快就开始了，起先，是几个热热闹闹的节目。热闹过了，滑稽过了，笑过了，该小西上场了。小西手执话筒，西装革履，站在聚光灯的光圈中，用最能感动人的声音说："在这除夕夜，在这合家团聚、合家欢乐的日子里，却有一些人，因为种种的原因，不能回家与亲人团聚……现在，就让我们来听一听，这些孤身在外打工，远离亲人的人此刻的心声。"

所有的音乐终止，现场一片寂静，那是酝酿感情的开始。小西手执话筒，来到了观众席，来到了李芳的身边。"你叫什么名字？多大了？哪里人？你为什么不回家过年？"他一个问题接一个问题地问，李芳一个问题接一个问题地回答，而且她答得很好，居然说了三农服务城建筑工程的意义，说不回家是因为工程任务紧。这丫头实在是太出色了，升华了主题，这正是节目所需要的。小西用饱含激情的声音说："是的，三农服务城是我们市政府为了服务于农民朋友而开发的民心工程，旨在更好地为农民服务。而我们的农民兄弟姐妹，何尝不知道政府的良苦用心，他们也用实际行动，投身到工程的建设中，为了如期完工，他们放弃了回家与亲人团聚的机会，仍在这里埋头苦干……"他说得声情并茂，很能打动人。

一套虚的说词之后，该是来点掏心话、感动观众的时候了。小西用煽情的语调问李芳："虽然你因为工作回不了家，但你还是想家的，对不对？""是的，想。"李芳说了实话。小西用发颤的声音说："我认识李芳，是在她给她家里打电话的时候，她哭着对电话那端说：'妈，我回不去了，你要……妈，我想你。'"他再现了当时的情景，他的回忆让李芳回到了打电话的那一刻，李芳的双眼，湿润了。

"李芳，此时此刻，你最想家里的哪一个人，谈起过年，你脑子里出现最多的镜头是什么？"

"我最想我妈。想到往年过年时与她一起包饺子的情景，她……"李芳断断续续说了一段话，她的眼泪终于没有抑制住，滚了下来。现场的观众，好几个跟着流了泪。

"如果这会儿，让你对你妈妈说句话，你打算说什么？"

"我想说，妈，女儿对不起你，大过年的，我都没回去看你。"李芳真的动情了，哽咽起来，"妈，你别苦了自己，要多买点肉，多买点想吃的东西。"现场已是唏嘘一片。

好了，现在是该给大家惊喜，该让大家永远记住这一刻的时候了。

小西完全进入了状态，也是泪光闪闪，问："李芳，你想不想见到你的妈妈？""想，当然想！""那好！"小西做了个手势，那特意为催泪制作的音乐响了起来，"请你回头，看看谁来了？"

聚光灯打在后台的出口，该李芳的妈妈上场了，不难想象，母女突然相逢的惊喜，摄影师也调好了镜头，打算拍母女两人满脸是泪的特写镜头。按照设计，小西还有一段话，那就是台里如何请来这个打工妹的母亲等等。但是，此时他没法开口，因为，聚光灯下，走出来的不是李芳的母亲，而是一个歌星。小西耳朵里的接听器响起了台长的声音："好了，你的节目到此为止。接下来，让歌星唱《亲爱的妈妈》，你赶快去后台。"

小西满脸惊愕，这节目怎么变了？出了什么事？但他不能说话，只能去后台。

一到自己的办公室门口，他愣住了，李芳的妈妈躺在走廊里，几个工作人员正手忙脚乱地将她往担架上抬。"怎么回事？怎么回事？"他分开众人。

一个工作人员回答道："你刚走不久，老太太就在里面撞门，说要见她女儿。我们按照你的吩咐，没敢让她出来，哪知道这老太太还很烈，竟撞破玻璃从窗户里跳了出来，结果，结果……"

就在这时，老太太缓缓地睁开了眼睛，挣扎着就想坐起来，一边挣扎一边又哭又闹："芳芳，我的芳芳。我明明听到她说话，你们为什么不让我见她？芳芳到底出什么事了？你们这些人怎么这么缺德呀，让我来，为什么又不让我见我的芳芳？"

老太太被抬走了。目送着担架远去，小西不由自言自语："这老太太，也太沉不住气了。"一个工作人员忍不住了，嘀咕了一句："要是这样折腾你，看你沉不沉得住气？"

小西一下就来了气,冲那人吼道:"你懂什么?这都是节目需要,感动!感动观众!你懂吗?"他在那里站了很久,心想:难道我真的错了?

(方冠晴)
(题图:安玉民)

画里画外

这天,向阳小学收到一个天大的喜讯:该校三年级学生马小龙,在省级绘画比赛中得了金奖。消息传来,学校专门召开了庆功会,吴校长邀请了县里分管教育的关副县长参加。

庆功会结束,吴校长再三邀请关副县长留下用餐。饭店就在学校对面,关副县长勉强答应了。

一行人走出学校,一看到校门口的情景,关副县长不禁眉头一皱。进学校时,他坐在车里没留意,可一走路就注意到了:这学校的校门位置选得真不是地方,偏偏选在一个狭窄拥挤的三岔路口上。街上人车混行,杂乱无章,不但没有红绿灯,就连斑马线也是模糊不清。

关副县长不由得想起了马小龙获奖的那幅画。在马小龙的画中，街道宽敞整洁，一座美丽的彩虹桥飞天横跨在街道上，一队放学的"红领巾"正笑着从彩虹桥上走过。画中的情景与真实的情景相比，简直有天壤之别！

关副县长在吴校长一行人的保护下，小心翼翼地在车流中穿过街道，结果还是让一辆脏兮兮的三轮车蹭了一下，这让他很是恼火。

吴校长尴尬地笑着说："县长呀，这还不算啥，放学的时候那叫一个乱，我们老师不组成人墙拦着车，学生们根本过不了街。"

关副县长点点头，说："这事儿一定要解决，学生安全问题不是儿戏，过个街都这么艰难，那还谈什么一切为了孩子！"

吴校长赶紧说："县长啊，我们全校师生都盼着，能像马小龙画的那样过街道呢！"

"是呀！"关副县长说，"修个天桥不就解决了，连一个三年级的孩子都能想到的事情，我们早该想到了。这个问题一定要解决好！"

吴校长激动地一拱手："那我先谢谢县长了！"

到了饭店一落座，吴校长就开始倒苦水，说他们学校地理位置偏远，学生家庭背景不够硬，属于那种爹不疼娘不爱的主。学生过街是个老大难问题，多年来已发生过多起交通意外。而在校门口修天桥的事，他们早就努力争取过了，但一直实现不了。如今，就等关副县长帮他们圆这个梦了。

说着，吴校长端起一杯酒到关副县长面前："县长呀，我替全校五百多个孩子谢谢您了！"

到这会儿，吴副县长终于品出味儿来了，怪不得学校三番五次地邀请他出席活动，又执意留他吃饭，用意全在一座桥上。事到如今，他只好接过酒杯一饮而尽:"我说了,事关学生安全的问题一定要解决!"

接下来,大伙儿你一杯我一杯,你一句我一句,都向着关副县长去。关副县长经不住左吹右捧,头脑一热,"啪"地拍了桌子:"这座桥我包了!公家不出钱,我自掏腰包也要建!"

吴校长一听,激动得差点跪在地上,他一口气干了好几杯,当场瘫在桌底下。

第二天,吴校长趁热打铁送上报告。关副县长虽然酒意已消,但倒也不食言,冲他拍起了胸脯,说一定会把它当作自己的事一样办。

一晃过了半月,马小龙的那幅画代表全省送京评奖,不料,结果却让人大吃一惊,那幅画竟然是剽窃的。一位资深老画家一眼就看出,那幅画是他很早以前评出的得奖作品。

消息传来,全省教育界一片哗然。不用说,这一不光彩的事件使得全县蒙羞,关副县长自然也脸上无光,他火冒三丈地打电话叫吴校长马上过来。吴校长很快来了,还带着那幅剽窃画一块儿来。

"你还有脸来见我!"关副县长"咚咚咚"地敲着画,严厉地问,"到底是不是马小龙画的?"

吴校长迟疑片刻,摇摇头说:"确实不是。"

关副县长怒不可遏:"不是自己的东西,还敢拿去全国参赛,你把我们全县人民的脸都丢光了!"

"县长啊!"吴校长苦着脸申辩道,"画虽然不是马小龙画的,可画里的东西却都是实在的呀!我们盼了多少年,盼能有座天桥,让学生回家不用冒险……"

吴校长像祥林嫂一样,还想絮絮叨叨地说下去。关副县长一拳头擂在桌上:"别说了!就算你有天大的理由,也不能这样弄虚作假。你就等着接受处分吧！天桥的事，到此为止！"

吴校长一听，像被点了穴一样，半天动弹不得。关副县长瞪他一眼："咋了，还不回去？"

"县长，您听我说。"吴校长急忙说，"画虽然不是马小龙画的，可也算不得剽窃啊！"

关副县长奇怪地问："那是什么意思？难道是你画的？"

吴校长连连摆手说："不不不，不是我画的，不过画的真正作者是咱自己人。您等等，我已经把他叫来了。"说罢跑了出去，不一会儿，带回来一个中年汉子，走路一瘸一拐的。

吴校长向关副县长介绍说："这位就是画的作者。"

不等关副县长发问，那汉子就上前说："我叫马大龙，这幅画是我上小学的时候画的。那时学校门口汽车虽然不多，但开得很快，我这腿就是被车撞瘸的，所以我一直梦想，学校门口要是能修一座天桥就好了，于是就画了这样一幅画，后来拿去参加全国比赛，得了金奖。"

关副县长哼了一声："那你们也不能合谋搞骗局嘛！"

"都怪我！"马大龙不好意思地说，"小龙说他要参加绘画比赛，非常想获奖，我一时糊涂，就让他把这幅画拿去了……"

关副县长怔了怔，问："马小龙是你什么人？"汉子不好意思地笑笑说："我儿子。"

关副县长眼睛一下子瞪得老大，好半天说不出话来。吴校长在一旁小声地问："县长，那桥的事……"

关副县长挥了挥手，说："你们先回去吧。"

出了门，马大龙问吴校长："吴校长，您看这事还成吗？"

吴校长苦笑着摇摇头说："怕是没戏了。"马大龙失望地说："那这幅画呢?"

"你还是拿回家好好保管吧。"吴校长长叹一声,"等再过个几十年,你孙子来上学了,再让他拿去参加比赛。"

(刘　超)
(题图:安玉民)

500年前的"克隆"

这个医生好厉害

明朝的时候,河北涿州有一位医生,姓孟,三十多岁已经名扬天下。他曾治愈过不少被别的名医判为"绝症"的病人,当地的人都尊称他为"大先生"。大先生多才多艺,三教九流无不通晓,特别是他还有造蜡像的绝技,造出的各种动物活灵活现,有人还声称亲眼见到大先生造的鹰飞上了天呢。当然了,这样的话不能当真,一个人名气大了,别人吹呀捧的,越传越玄,这也是常理。

天顺二年的一天,赤日高照,大先生出诊归来,在路边一家小茶铺坐下,要了一碗茶,正慢慢喝着,突然,他看见旁边桌上一个壮年汉子面色苍白，大汗淋漓，脸上显得十分痛苦，好像是得了什么急症。大先生连忙走了过去，把手搭在那人的腕上，刚搭上脉，他便皱起了眉头，正想说什么，又见旁边茶客很多，就把话咽了回去，沉吟了片刻，便招手拦了一辆马车，扶那人上去。没有多少时候，他们到了孟宅，大先生扶那人下了车，来到了前院的西厢房，让他在床上躺下，又机警地朝四处看了看，见周围没人，便关上了房门，在那人手背的一个穴道上点了一下，渐渐地，那人的脸色平静了，汗也没了，大先生瞪了他一眼，说："我知道你是自己点的穴道，我已经替你解开了，说吧，你为什么要装病？"

那人见大先生识破了他的心机，有点尴尬，他自称杨明，家在京城，受主人差遣，请大先生去京城一趟。

大先生一听就来了气："你主人是什么来头？凭什么要我跟你去？你走吧，我这里不欢迎你！"说完，他做了个送客的手势。

杨明见此情景，立刻把脸一沉，突然伸手点了大先生身上的一个穴道，大先生顿时就像被施了定身法似的，动弹不得。杨明想把大先生强行带走，可就这么背着他走不行，一走出屋就会被人发现，想到这里，杨明就想找一块布什么的，这样就好把大先生包裹起来。可这屋里没布，杨明就来到了旁边一个房间，这房间很暗，借着光线一看，杨明见屋里摆着好多蜡像，大大小小，男男女女，什么身份都有，杨明正在奇怪，可更怪的事来了：门背后有一个蜡像，用布蒙着，扯下布一看，这蜡像的模样竟然和大先生一模一样，栩栩如生，活灵活现，杨明心想：他塑这么个蜡像干嘛呢？杨明拿着扯下来的那块布刚想走，突然有人在他的肩上拍了一下，杨明大吃一惊，这屋子里没别人呀，回头一看，竟然是大先生！

这一下杨明可糊涂了："你的手脚都不能动了，怎么会把穴道解了呢？"

大先生乐呵呵地说:"对不起,我想活动活动筋骨,就把它给解了。"

大先生说这话时轻描淡写的,好像不当一回事,可杨明知道,要想不用手就解开穴道,那得需要多么深厚的内功啊!杨明立刻明白了大先生是位深藏不露的武功高手,知道自己绝不是他的对手,于是转身想逃,谁知刚一转身,大先生却已经挡在他的面前,接着又听见了大先生"哈哈"大笑的声音。杨明被这笑声惊得目瞪口呆,因为他明明看见站在面前的大先生嘴巴没动,这笑声是从杨明的背后响起的,这是哪门子功夫呀?杨明吓得傻乎乎的,回头一看,嗨,身后又站着一个一模一样的大先生!杨明吓坏了,他对着面前的大先生"扑通"跪倒在地:"求先生放过小的吧,小的也是受了差遣,身不由己啊!"大先生微微一笑,说:"你起来吧。"

杨明心慌意乱地起了身,看了看站在面前的大先生,又看了看身后的"大先生",声音颤抖地问道:"你们是人还是鬼?"

大先生沉吟起来:其实杨明身后的是那个原本藏在门后的蜡像,说他是人吧,谁都知道大先生没有兄弟;承认是鬼吧,以后谁还敢找他看病?他想了一会儿,只得把实情说了出来:"我造的这些,有些确是蜡像,是死的;有些却是有血有肉,是活的,是我用'复人术'造的。"

杨明心头一紧,他怎么也不明白这"复人术"到底是什么秘术,大先生见他眼睛瞪得像胡桃一般大,就继续说道:"这种'复人术'是我这些年里自个儿琢磨出来的,它是按着人的样子造的,造出来后却是活的,你身后的那个,就是照着我的样子'复制'出来的,他不但长得像我,而且声音像我,动作像我,还能替我给人看病呢。"

杨明一听,觉得这简直是不可思议的事情,他明白了:原来给大先生解穴道、显露那些怪招的都是这个"活蜡像"啊!杨明不想在此处多耽搁，他只想赶快完成主人交办的任务，现在已经知道大先生其实并不会武功，那就没什么可怕的了，于是杨明目露凶光，以迅雷不及掩耳之势，转过身来，伸出铁钳般的双手，卡住了大先生的脖子，将他制服，逼迫他就范。

大先生后悔不该把"复人术"的真相说出来，没有办法，只好和杨明一起上路，赶往京城……

撞见了一个天大的秘密

杨明带着大先生披星戴月、日夜兼程，这一天终于来到了京城，马车停在一个大宅子的门前，有人上前，掀开了车厢上的布帘，大先生走下马车，抬头看到了大门上方的两个字："石府"，他心中猛地一惊：难道杨明的主人竟是权倾朝野的"忠国公"石亨？听说这石亨曾帮当今皇上英宗夺回了皇位，深得英宗信任，也听说他排斥异己，结党营私，干了不少坏事，那他把我从涿州找来想干什么呢？

这个谜底很快就揭开了，石亨召见大先生时，直言不讳地说想见识见识他那造人的绝技，大先生听了禁不住倒吸了一口冷气：这"复人术"是秘不示人的，而远在京城的石亨，居然对他的秘术了如指掌，由此可见石亨的党羽遍布天下，实在了得啊！

这时，石亨慢条斯理地开了口："以前听说神仙女娲用泥巴捏人，吹口气就活了，可先生是人啊，怎么也能让蜡像变成真人呢？你那复人术用什么材料造人，难道是人肉？"

大先生知道既然已经到了这里，这项秘术不可能再瞒石亨了，于是就耐心地向石亨解释起来：复制的人其实也是由女人生出来的，只不过一般女人生的孩子都受夫妇气血特征的影响，所以同胞未必同貌，而他的复人术提取的是同一个人的"先天"精血密码，所以"造"出来的人就一模一样了，这样的婴儿出生后还能用药催长，让婴儿尽快长得和"样板"一般高大，这便是复人术和普通生儿育女的区别。

石亨听得目瞪口呆，不由得击案叫绝："太奇妙了！先生真是旷古绝今的奇才呀，你快说说，你那个复人术是不是什么人都能造？需要些什么东西？要不要男人做点什么？"

说到这儿，大先生有点得意了，他滔滔不绝地说了起来："这复人术不光能复制人，什么动物都能造，用的东西也不复杂，只要复制对象的一点血液，一个同类的母体，还有一些专用的药物和工具，也不需要什么男人。"

石亨一听，十分高兴，他要大先生先复制一只雪兔给他瞧瞧，然后再帮他复制一个朋友，大先生一口答应，便着手准备。

大先生准备先复制雪兔，有一天，他在卧房里配药，需要一种名叫"乌龙尾"的野草，这种野草只有在古屋里才能找到，石府是深宅大院，楼堂轩室，一大片的屋子，石亨的下人不知道这种东西长在哪里，大先生担心和他们说不清楚，决定亲自去找。他出了房门，向后院走去，走过一条条小路，穿过一处处庭院，见大宅院后面有一个名为"静苑"的地方，远处还有两间摇摇欲坠的破旧屋子，周围全是半人多高的荒草，大先生大喜过望，因为这么个去处，想必会有他要找的"乌龙尾"！

大先生兴冲冲地闯进屋里，抬头朝梁上一看，还好，梁上果然有他急需的"乌龙尾"，大先生连忙搬来一张桌子，想站到上面把"乌龙尾"取下来，不料那桌子年久腐朽，大先生刚跨上去，"喀嚓"一声，桌子断裂了，大先生倒了下去，身体撞在墙上，不知触动了什么机关，墙角处的地面竟然"啪"地自动移开了一块,露出了一个地下室的入口!大先生惊呆了,但他又感到十分好奇,于是,他就沿着阶梯一步一步地走下了地下室。

这地下密室的四周全是石砌的墙壁,两边摆放着各种各样的兵器,正中是一个殿堂,雕梁画栋,金碧辉煌,高高的殿上正坐着一个男人,他坐的是一张龙椅,穿的是一身龙袍,手中把玩的正是皇帝的玉玺!

大先生吓得魂飞魄散,猝然之间,他做梦也想不到竟然会在这里遇见了皇上,他不敢再抬头观看龙颜,连忙跪倒在地,口呼"万岁"。

那人阴沉沉地笑了,又冷冰冰地开口说道:"抬起头来,看看我是谁。"

大先生抬头一看,那人竟是石亨,刹那间,大先生吓出了一身冷汗,他知道自己无意之中撞见了一个天大的秘密,这么一来,他就得罪了眼前这位权倾朝野的石亨,并因此而带来杀身之祸!大先生正琢磨着如何对答,石亨却已缓缓地走到大先生面前,神态平和地问道:"你怎么到这里来了?"

大先生镇静地解释道:"我是来找药草的,复制雪兔时用的。"

石亨点点头,不紧不忙地说:"是啊是啊,你辛苦了……可是你知道我把你从涿州找来的真正目的吗?当今英宗荒淫无道,整天寻欢作乐,不理朝政,老百姓可被他害苦了,你说,我还保这样的昏君干什么?"

"皇上竟然是这样的人?"大先生一听石亨的话,忧国忧民之心油然而生,"大人,你应该多向皇上进谏进谏才是呀!"

"我劝说多次,毫无用处,所以,当我听到涿州有人能造人时,我就想让先生造一个英宗君临天下,有了新皇帝,再把原先的英宗请到深山里供养起来。"石亨又对大先生百般劝说,说到动情之处,竟然热泪纵横,"大先生,老夫本想废了这个昏君,自个儿当皇帝,你没看我把龙袍都备好了吗?可这样就会刀兵相见,老百姓就要遭受战乱之苦,老夫于心不忍啊!你看这样多好,重新复制个英宗,我们再教给他治国安邦、为国为民的道理,这难道不是社稷之福、天下之福吗?"

这几句话触动了大先生的侠义心肠,于是大先生就答应石亨复制一个英宗,两人就在密室里细细地商议了一番。

当天晚上,一个太监偷偷地溜出宫来,他到了石府,见到了石亨,凑到石亨的耳旁,嘀咕了一阵后又溜回了宫里,石亨急忙召来了大先生,他拉着大先生的手说:"咱们的机会来了!"

考察"最高领导"

原来英宗病了,太医们诊治后却断不准病情,治疗了好些天也不见效,于是石亨借此机会把大先生"进献"给了英宗,说大先生的医术如何了得,表面上是为了给皇帝治病,暗中却让大先生借"治病"为由,从他身上密取复制一个英宗所需的血液!

这天,大先生来到英宗的寝宫,见英宗躺在床上,正在读一些奏折,一边读还一边叹气。大先生心中暗暗冷笑:"怎么,这个平时不理朝政,不顾老百姓死活的昏君,生了病倒忧国忧民了?"

大先生上前跪请了圣安,然后走到御榻旁,仔细地诊视起来,大先生的手指轻轻搭在英宗的腕上为他诊脉,一会儿,大先生说:"没什么大碍,皇上是思忧过度,伤了脾胃,不胜湿邪,以致七情郁结,痰滞气阻。"大先生开了一张新的药方,又沉吟片刻,问:"草民对皇上的病因有点不解,皇上极富极贵,万事皆可随心所欲,有什么事情使您忧思伤身呢?"

英宗叹了口气,说:"安徽发生了水灾,山东又闹蝗虫,派去赈灾的官员办事不力,以致于不少百姓流离失所,饥寒交迫,朕为此忧心如焚呀!"

大先生心中一动:这英宗如此忧国忧民,分明是个好皇帝呀,那石亨怎么骂他昏庸无道呢?这时大先生还不能断定英宗是不是在装模作样,便想进一步试探,但又怕触怒了皇上,犹豫了一阵,开口说道:"草民以为,要想替国家和百姓消灾,除了赈济灾民,惩治贪官外,还要祭告天地,表示皇上为民祈福的诚意。草民曾得世外高人的传授,可帮皇上举行一个这样的仪式,只是……这个仪式需要皇上的支持。"

"怎么支持?"英宗急迫地问道,"你需要什么尽管说,国家没有治理好,总是朕的过错所致,朕会尽量弥补的。"

大先生一字一顿地说道:"我需要从皇上的手指上取一点血……"大先生这样做其实是一举两得:一方面可以用取到的血液复制英宗,完成石亨交代的任务;另一方面也能借机试探,试试英宗是否真心愿意拯救灾民,当然,从皇帝手指上取血,这是有损皇帝尊严和有害身体健康的,要是英宗看穿了他的把戏,一怒之下,大先生的脑袋不搬家才怪呢!

英宗果然感到了意外,他寻思以前举行过那么多的祭祀活动还从没听说需要人血的呢,他皱着眉、沉吟良久,便把左手缓缓伸了出来,平静地说:"来吧,只要能为百姓消灾解难,朕流点血,受点疼,算不了什么。"

大先生松了口气,连忙用药水给英宗的中指消了消毒,从药箱里取出一个小瓷瓶,然后拿起一根点刺用的三棱针,准备刺向英宗的手指,谁知还没刺下,大先生的手却哆嗦得厉害。英宗猜想大先生害怕了,便一把将针夺了过来,自己往手指上刺了下去,"十指连心",也许是刺得太深,英宗疼得脸都变了形,大先生慌忙用瓷瓶取了一些"龙"血,封上了瓶口。大先生获取了英宗的血液后,心想:一个皇帝为了灾民而不怕流血,不怕痛苦,真是很不容易了,既然如此,石亨为什么还要骂他是"昏君",想复制一个所谓的好皇帝呢?难道他才是个奸臣?大先生越想越觉得是这么回事儿,思前想后,他决定先把复人术偷偷透露给英宗,看英宗如何反应。

想到这里,大先生开口说道:"当今国事繁重,皇上龙体欠安,草民倒有一个为皇上分忧的良策。"

"什么良策?"

"草民能用复人术复制一个皇上的替身,他可以代为您操持国家大事,皇上可静下心来休养龙体了。"

英宗一听十分惊奇,他详细询问了"复人术"的底细,又来回踱着步沉思了良久,说道:"大先生,你说的这项医术太不可思议了,朕一时还不敢相信,这样吧,朕给你提供别人的血液,你先把他们复制出来让朕看看,好吗?"

大先生一口答应,于是英宗便当着大先生的面宣召了石亨等十位大臣,声称为了替民解难,需要从他们的手指上取一点血,举行一个仪式祭天祈福。大臣弄不明白英宗的意图,他们也都不敢抗旨,于是逐一伸手献血。大臣们的血被装在十个小瓷瓶里,送到了大先生的面前。

大先生见血已有了,便请求英宗为他建造一个"祭坛",说这祭坛是为了国家的新生而建,就叫"再生坛"吧。英宗自然答应,下令开工建坛……

"上天"的暗示

大先生建造"再生坛"当然不是为了祭天,而是为了造人。他亲自设计,亲自监造,按造五行八卦布设方位,安排结构,分别造了乾、坤、坎、离、震、艮、巽、兑八个房间,等到"再生坛"竣工时,果然显得既庄重典雅,又神秘莫测,人们走近它时,会感到一种怪异的气氛。坛的上部可以祭天,下部却有许多房间,大先生把他的家当都搬了过去,就在"再生坛"住了下来。

自从这"再生坛"造好以后,时常有人以各种借口前来"拜访",这就干扰了大先生的工作,后来英宗派御林军严密把守,情况才有所好转,尽管如此,还是有一些挡不住的不速之客。这天,石亨来了,他见了面就亲热地问大先生在忙什么,大先生说在准备祭天。石亨笑了笑,说:"你是在复人吧?"大先生只好承认了。石亨说:"复人就复人吧,老夫让你进宫,不就是为了复人吗?"说完,他话锋一转,咄咄逼人地问道:"不过你复制的好像不是英宗吧?"大先生犹豫了一下,说:"我需要先拿别人试试。"石亨板着脸说:"你先复制别人也没关系,关键是要把老夫的思想灌输到他们的脑里去!"

又过了三天,十个大臣按照皇帝的口谕,一齐来到"再生坛"参加了大先生主持的祭天大典。仪式完后,大先生向英宗禀告道:"上天已经给了我们一些'暗示',藏在坛内的一个房间里,待会儿草民打开那个房间,看看是些什么,由此就可以判断出国运的吉凶了。"说罢,大先生在前面带路,英宗和众大臣随后跟着,一队人走进了祭坛的内部,来到"震"官门前……

显然,大先生说的上天所赐、预示着国运吉凶的东西就在这"震"

宫里了，此刻，大先生伸手抓着门的把手，准备开门，仿佛一切声音都消失了，没有人说话，没有人走动，甚至没有人大声呼吸，英宗等人都睁大了眼睛，怀着极大的好奇心，等待着这关系到国家前途、命运的时刻。

终于，"哐当"一声，大先生把门打开了，石亨探头一看，看见了里面的东西，片刻间愣了一下，随即便松了一口气：原来里面是一群活蹦乱跳的雪兔，数了数，一共九只；角落里还蹲着一只狼崽子，一动也不动，石亨上前一摸，像是石头的。

这时，大先生掐指一算，大喜过望地说："恭喜皇上，这个时辰见到九只兔子真是大吉大利啊！"英宗听了也很高兴，可只高兴了片刻工夫，一件奇怪的事情发生了：突然，那只石狼发出了一声尖利的嗥叫，于是，这些兔子便全都像着了魔似的，一只跟着一只，齐刷刷地走到那只石狼身边，排成两列，俯首帖耳，曲膝跪下，极尽恭敬之态。英宗疑心大起，皱了皱眉，说："兔子为什么全向那只狼跪下？"他令太监把那些兔子赶走，可过了一会儿，它们又全都回到了原来的位置，保持着俯首称臣的姿态。英宗越发生疑，又让太监在不远处布置了一个温暖舒适的兔子窝，放上兔子爱吃的鲜嫩菜叶，把几只雪兔抱了过去，可那些兔子说什么也不敢待在这安乐窝里，它们看了看那只石狼，又连忙惊惧地跑回原处，照旧卑躬屈膝地跪着。

英宗见此情景十分震惊："那只狼怎么这么厉害，它简直就是皇帝了！"

大先生也装出一副迷惑不解的样子答道："是啊，按理说呢，那不过是只石狼！"他特别加重语气，强调了那个"石"字。

英宗见大先生在向他使眼色，便挥了挥手，让石亨和其他大臣都退下，只留下了大先生……

复制对象是谁

等众人退下,大先生主动说了事情的真相:"皇上,那雪兔和狼其实都是草民用复人术做的。"

英宗觉得很意外,愣了一下,生气地问大先生:"既然这样,你怎么能骗朕,说这是上天的暗示呢?"

大先生解释道,他曾经取了好几种动物的血液,装在瓷瓶里,和装有那些大臣血的瓶子放在一起,本来是按一定的位置、一定的次序摆放的,谁知道小太监打扫房间时把它们弄乱了,搞不清哪个瓶子里的血是人的,哪个是什么动物的,他随便拿了几瓶施了复人术,没料到竟造出了九只兔子一只狼,这当然是天意了。大先生说这些话时,显得非常真诚,英宗看不出任何破绽,只好相信了,他对大先生说:"你用的是十个大臣的血,复制的是九只雪兔和一只狼,那只统领群兔的狼是不是在暗示朕,有人想当皇帝?"见大先生点头,英宗又问道:"那只狼看起来像是石头,难道是说他姓石?"

大先生诚惶诚恐地说:"草民不敢说,那是上天的暗示。皇上既然怀疑了,为什么不派人暗中查一查呢?"

英宗不置可否,突然又问道:"你能不能把那只狼代表的人复制出来,并给他安上一颗富有人性的心?这样我们就可以变害为利,用他来驾驭狼的部下了。不过,你已经把那些大臣的血和猫啊狗啊的血弄混了,还怎么分辨出哪一瓶血是他的呢?"

大先生笑了一下,说:"草民有办法。"说罢,他带英宗来到了"再生坛"的另一个房间,那里果然存放着几十个一模一样的瓷瓶。大先生把瓶子一个个摆开,然后到"震"宫去把那只石狼抱来,把狼头对准一个瓷瓶,拍了拍狼的身躯,让狼嗅那瓶里的血,见没有任何反应,便再检查下一瓶。就这样,一瓶一瓶地试下去,后来,试到一个瓷瓶时,那石狼突然怪叫了一声,把英宗冷不丁地吓了一跳,两人连忙一看,只见那瓷瓶竟然自个儿轻轻晃动了几下,还隐隐可见瓶口闪烁着一种令人心怵的幽光。

大先生说:"就是它!"然后拿着这个瓶子,来到了另一个屋子,他把瓷瓶中的血液倒到一个预先盛有药液的大瓶子里,把那瓶子上伸出来的许多管子或夹紧,或打开,和瓶子相连的还有一个怪模怪样的机械装置,大先生调整了那个装置上的几个旋钮,又观察了一阵,这才告诉英宗:"这是在为复制'狼人'做准备。"

大先生继续留在"再生坛",英宗在御林军的护卫下回宫,一路上,英宗疑虑重重:大先生是石亨引荐的,他和石亨事先会不会有什么交易、密谋?他从朕的手上也取了血,这就是说,他也可以复制一个听命于石亨的朕呀,如此,这天下就是姓"石"的啦!想到这里,英宗禁不住冒出了一身冷汗,此刻,最要紧的是弄明白大先生复制的到底是谁,英宗听大先生说过,复制人需用女人,而这女人也需和复制对象有血缘关系,只要找到了这女人,也就知道复制对象是谁啦,对,这倒是一个查明真相的突破口!

几天后,英宗突然驾临"再生坛",离坛还有一段路时,他便下了轿,并且止住了随从,还不让把守的御林军通报,一个人悄悄地走到"再生坛"。英宗知道,这"再生坛"里有八处主房,分布在八个八卦方位上,英宗便悄悄地逐一巡视。每当打开一个房门时,他都指望着会见到哪个女人,可是每次他都失望了,因为那里除了一些生活用品和药物、书籍等杂物外,竟然全都空无一人。最后到了"坤"宫,英宗偷偷推开窗门一看,这果然是女人的卧室,典雅华贵的卧具,芳馨宜人的摆设,英宗定睛一看,古色古香的梳妆台前坐着一位贵妇人,年轻貌美,气质高贵,英宗觉得有点面熟,看了一会儿,突然想起来了,她叫兰馨,她的父亲是英宗的堂兄——汉王朱高煦的孙子。朱高煦反叛朝廷失败后被监押,他的一个儿子在出逃的生涯中把年幼的兰馨寄养在一个民妇家,后来兰馨长大了,曾到皇宫来认亲,因此英宗见过她。兰馨是一个有皇家血统的女子,这么看来,复制的也必然是皇家之人,显然,大先生是在复制他英宗了!英宗勃然大怒,回宫后即刻下令把大先生抓了起来。

大先生弄清楚英宗生气的原因后,立刻委屈地说:"皇上怀疑草民的忠心吗?皇上应该知道兰馨的母亲是谁吧?"

英宗恍然大悟,他想起了兰馨的母亲是石亨的堂妹,当初兰馨来认亲时,就是通过石亨引见的,石亨还为她说了不少好话呢。这么看来,兰馨和石亨也有血缘关系了,这一来,更是一团迷雾、一堆乱麻了,大先生究竟是在复制石亨、还是复制他英宗呢?

大先生的杰作

英宗很想复制石亨,这当然有他的想法:石亨的野心他有点觉察,但又没抓到确凿的证据,担心诛杀或逮捕石亨这样的大臣,会招致朝野的反对;况且石亨的亲信很多,说不定也会有人举兵造反,为石亨报仇。因此,他想利用大先生为他造一个假石亨,一个忠心耿耿、没有野心的石亨,把现在这个图谋不轨的石亨替换下来。可大先生到底是石亨的人,还是偷偷地在为他英宗执行"造狼计划",这一点,英宗实在无法弄清楚。

时间过得很快,大先生在"再生坛"复制的"作品"眼看就要成型了,英宗急不可耐,偷偷给兰馨下了一道密旨,让她做一回"内应",为他开门。

这天，到了夜深人静的时分，英宗悄悄地来到"再生坛"的门口，用手试探着推了推门，果然没有上锁，英宗心中暗喜。他不动声色地把门打开，一步一步地上了坛，这一路上没有遇见大先生。英宗到了坛顶，跨进了那间大先生用来复人的弧形房子，刹那间，他惊呆了：圆形的坛上立着一根一人多高的"水晶柱"，柱子里边有一个七八岁的男童，在灯光的照耀下，"水晶柱"显得晶莹剔透，男童的对面坐着一个人，他背对着英宗，英宗没法看清他是谁。

这时，那男童正手舞足蹈地在和面前的人说话："先生，我的理想是当皇帝，拥有天下最大的权力、最多的财富、最漂亮的女人、最⋯⋯你奇怪我为什么有这么远大的志向吗？不用奇怪，我是天才，我不是一般人，我是复制人，这种天赋是从'样板'带来的，生来就有的，我有什么办法？"

英宗又气又惊，他刚想走上前去看看那男童长得像谁，一件意想不到的事情发生了，只见听男童说话的那人迅速地站了起来，操起旁边一把椅子，狠命向那水晶柱砸了下去，只听"哗啦"一声巨响，水晶碎了，男童倒了，那人似乎还不解气，举起椅子还想砸，英宗连忙大喝一声："慢！"

听到英宗的喊声，那人吃惊得连身体都震了震，但他继续把椅子举得更高，用尽力气把那男童的头砸了个稀巴烂，确信无人再能认出那男童长得像谁时，这才缓缓转过身来⋯⋯

就在这片刻之间，英宗惊得倒退三步，他看清了那人的面目，竟是石亨，石亨正用阴沉沉的目光盯着英宗，英宗不寒而栗，但他毕竟是皇帝，很快就稳住了自己，口气严厉地问道："石爱卿，你怎么在这里？"

石亨跨蹉了一下，他醒悟到现在暂时还没有办法对付眼前这位皇帝，于是目光变得收敛了,神态变得卑怯了,他对英宗说:"皇上您受惊了,微臣早就觉察大先生居心不良,担心他会做出大逆不道的事,今天晚上尤其感到像有什么特殊的事情要发生,就悄悄来到这里暗访,没想到大先生还当真制造了一个想谋反篡位的狂童,臣听了狂童那些疯话,实在是忍无可忍,就杀死了他,这也算是为皇上除了一个祸害吧!"

英宗像是相信了石亨的话,他没有深究,只是问道:"大先生在哪里?"

石亨答道:"微臣一到这里就没见他。"说到这里,石亨突然大叫起来:"不好,臣中了他调虎离山之计了!"说完,石亨不等英宗发话,急急告辞,立刻传令爪牙们四处搜索,搜遍了"再生坛"的内内外外,找遍了城内的每个角落,可哪里找得到大先生的影儿?

与此同时,英宗也下达了搜寻大先生的圣旨,可是英宗的人搜遍了全国各地,都没有找到大先生。

好多年以后,海外一个国家的使者来到了中国,他交给了英宗一封密信,打开一看,竟然是大先生写的,大先生告诉英宗,当初他用从石亨手上提取的血液复制了一个小石亨,这小石亨的大脑里存有石亨的精血密码,代表的是石亨的真实思想。大先生把复制人封在水晶柱里,为的是让这个小石亨当着皇上的面亲口把石亨的狼子野心招供出来,这样英宗就可以对石亨采取行动了。因为石亨党羽遍布,大先生安排好了这一切,只得不辞而别、漂泊海外……

看完密信,英宗这才明白大先生处心积虑地设法揭露石亨、保护大明江山的良苦用心,只是可惜那个封在水晶柱里的复制人被石亨砸碎了,否则英宗就可以让这个复制人在朝堂之上当着文武百官的面自己说出石亨的篡位阴谋,因为复制人被砸碎,石亨的诛灭被推迟了两年,他是天顺四年被捕而死于狱中的，同时被诛杀的，还有那个当初把大先生从涿州押回京城的石亨的爪牙杨明。

这位使者带来的密信又勾起了英宗对大先生的怀念，他嗟叹道："没想到一代名医竟然孤身一人沦落天涯，海外再好，也难比故土啊，他一定很寂寞的。"

使者说："不，他过得很愉快，一点也不寂寞，他在海外行医济世，开馆授徒，名气可大了，他还有一个名叫'兰馨'的高贵善良的妻子呢。"

"你说什么？"英宗差点要跳起来，"他的妻子叫兰馨？"

"没错。"

英宗知道自从大先生失踪后，兰馨也就回了家，现在在京城里过得好好的，他心中暗想："看样子，大先生的复人术又开始了？"

（洋　子）

（题图：杨宏富）

一道风景线

搽耳山是著名旅游胜地,当地旅游一项的年收入已达四千余万元,然而搽耳山下那些不从事旅游业的山民,因为土地贫瘠,雨水稀少,大都仍是重点扶贫对象。从通往搽耳山的公路上经过,人们就能看到那些以山石为墙、以蓑草作顶的茅屋稀稀落落地横在山坡上。县旅游局的领导认为这些旧房子和山上那些红墙绿瓦、雕梁画栋的新建筑相邻,实在是大煞风景,便决定在年内实施美化旅游环境的计划,具体地说,就是给这些贫困山民一定的经济补助,限令他们拆除旧屋,重建新房。

石坎村屈成栓家就是被责令重建住房的一户,但是他家太穷,仅靠那点补助款,建不起新房,少说还差了四千元。他家的五亩坡地,被横七竖八、大大小小的乱石头占去了一大半。石缝里不长庄稼,只长荆棘杂草和一些曲里拐弯的杂树,幸好屈家有祖传的蜡染花布的一技之长,总算能维持一家三口的生计。但眼看着建新房的最后期限一天天临近,而建房的钱还没有着落,屈成栓便决定去省城打工。

屈成栓离家时对儿女说:"天放晴了,染缸里的布必须捞起来尽快晾晒。我进城去,挣了钱就回来。"

兄妹俩把父亲送到村口就回了家,两人赶紧晾晒蜡染布。无奈兄妹俩拖着长龙般水淋淋的布,怎么也搭不上树桠。两人浑身湿透,看着无法晾晒的蜡染布哭了。哭了一会儿,哥哥擦干眼泪说:"往树桠上搭太费力,咱就拖着布绕着院子周围的树干晒吧,这样省力。"

妹妹一听点头称是,便和哥哥拉着长长的布匹往树干上缠绕,一圈一圈又一圈,近两亩地的大院子就这样被几缸蜡染布严严实实地围了起来。

中午,兄妹俩正在吃饭,突然听到有人敲门,打开院门,见七八个来搽耳山旅游观光的老外围在院门口,其中一位用结结巴巴的中国话说:"我们刚刚从山上……下来,远远看见这里有彩布围的新景点,我们想参观……"

还没等到兄妹俩回答,老外们就已经拥进了院子,他们兴致勃勃地在一处处"景点"游览,有的把蜡染花布圈子当作背景,靠在那些奇石怪树旁留影;有的在野花丛生的小路上散步,看着那些从未见过的奇花异草拍手叫绝;有的捧起石缝间流出的泉水喝着,还一边唱一边跳……

外国游客中,有几位是美国一家跨国服装公司的设计师,他们用行家的眼光仔细欣赏着围在树干上的蜡染布,他们对手工蜡染布那艳而不俗的色泽、杂而不乱的图案赞不绝口,不禁让翻译告诉兄妹俩,说他们要购买一些蜡染布带回国去,问这布要多少钱一米。兄妹俩说:爸爸拿到城里去卖,每米价是五元。翻译说"不贵不贵",于是老外们这个要五米,那个要八米,高高兴兴地把买下的蜡染布打入背包,一步一回头地离开了院子。

紧接着,上山下山的外国游客也都看到了这道蜡染花布围起来的"风景线",于是也三五成群地走进这家农舍参观。

兄妹俩哭笑不得,一再说他们不卖门票,可是游客听不懂当地的土语,大都掏出三元、五元的钞票放在院门边的石凳上。

当天晚上,兄妹俩清点这些钞票,光人民币就有四百多元,那些外币,他俩认不得,只好拿给邻家的叔叔看。叔叔说这是美元,一点数,竟然有六百多。叔叔高兴地说:"孩子,一百美元要兑八百多元人民币,你家建新房需要的四千元钱现在有了!"

于是兄妹俩欢蹦乱跳地跑到镇上邮电所,给在省城打工的父亲发去了电报,电报上写着:"爸爸你快回来,咱家有钱盖房了!"

不久,屈成栓家的茅屋拆去了,一栋青砖小楼盖起来了,奇石怪树砍掉了,杂草清除,道路铺平……

一天,一群慕名而来的外国游客到了搽耳山,但他们再也找不到那个迷人的小山坡了……

(喊　雷)
(题图:张恩卫)

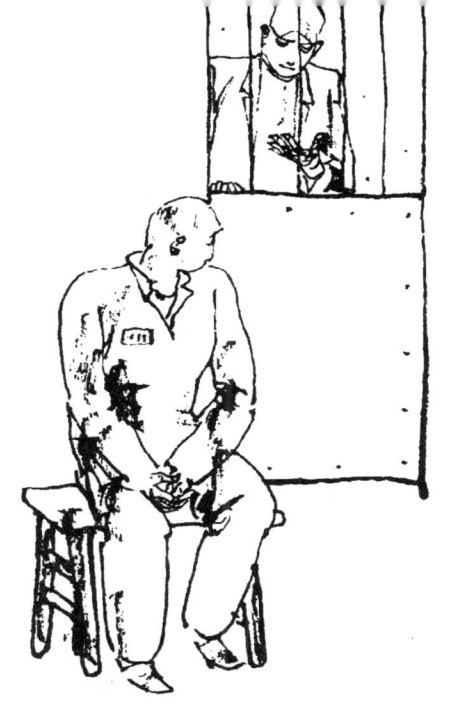

重新做贼

孔家庄的村支书孔德有召开村民大会,传达乡政府的会议精神,说冬季水利基本建设的任务比较重,今年的综合治理工作就不搞形式了。罚款任务分配到各村,再由村分摊到有偷盗、赌博、流氓行为的人身上。会还没开完,村民们就炸开了锅。

孔家庄清一色的孔姓,自认是孔老夫子的后人,风淳民朴,从未发生过治安事件,以前派出所民警也绝少进驻村里,一村人干干净净,这种罚款往谁头上摊?

孔德有见村民们误会了他的意思,就摆摆手,让大家先静下来,解释道:"这罚款不是针对哪个人,而是摊派,人人有份,反正就一千元,人均一元也不到……"

村民们立刻打断他的话,嚷嚷得更厉害了,说人人有份,就等于人人都做过贼,人人都耍过流氓,人人都来过赌!别说人均一元钱,就是人均一分也不掏。

孔德有见村民们抵触情绪太大,只好草草地宣布散会。由于没有完成上级的任务,孔德有回到家,不断唉声叹气。

孔德有的老婆马秋月,过去当过妇联主任,喜欢参政议政,见丈夫愁眉不展的样子,就说:"那罚款无论如何不能摊派,只能让有劣迹的人承担。"

孔德有说:"废话!咱孔家庄,往上查十代八代,也找不出有劣迹的人!"

马秋月说:"不用查那么远,眼皮子底下就有。"

孔德有摇摇头,村里一千来人,三百多户,谁有劣迹也逃不过他的眼睛。不过,这会儿他倒很想看到有人干出点出格的事,他也不用为完成罚款的事犯愁了。他催老婆:"别卖关子,上边要罚款要得很紧,七天后就得交上去。有线索你就快说!"

马秋月说:"东头孔老大家。"

孔德有有点恼火:"他家怎么了?两口子早过世了,就是有劣迹,也不能罚死人的款!"

马秋月道:"我说的是他女婿孟先志。"

孔德有一拍脑门,快活地叫道:"是呀,我怎么没有想起这个人!"可是,他刚高兴了一会儿,很快又皱起了眉头。孔老大有女无子,就招了邻村的孟先志作上门女婿。孟先志婚前手脚不干净,与一个盗窃团伙有牵扯。婚后东窗事发,被公安局抓了。好在不是主犯,只判了一年刑。刑满释放后,不知道是洗心革面了,还是孔家庄的水土不养盗贼,孟先志的日子虽然不富裕,却再也不干偷鸡摸狗的勾当。人家走向新岸重新做人了,你还罚人家的款?

老婆的主意不好接受,孔德有依旧发愁。想了两天,也没想出办法,只好到乡里找领导解释,领导还没等他把话说完,就拍了拍他的肩膀,笑着说:"孔家庄今年各项工作都冒了尖,乡里心里都有底。这一千元罚款,还能把你孔德有难住?"孔德有听了,知道再说下去也没有戏,就耷拉着头,出了乡政府。此刻,他的头脑乱得很,迷迷糊糊地,竟转到了孔家庄村东头。孔德有想起了老婆的主意,横下一条心,来到了孟先志的家里。

孟先志一听让他一人承担全村的罚款,立刻瞪大了眼睛:"孔支书,我又犯了什么事?"

孔德有赔着笑脸说:"什么事也没犯。去年监狱回访释放人员,我们还让树你个重新做人的典型哩!"

孟先志说:"这会儿又不让我重新做人了?"

孔德有说:"你别发急嘛,我们没有那个意思。"

孟先志说:"既然欢迎我重新做人,这罚款我就不能接受。再说我也没有钱。出狱以后我就发过誓,饿死不再做贼——不做贼我哪来的钱!"

孔德有哭笑不得,这叫什么逻辑!不做贼就不能劳动致富了?可现在是他求人家孟先志,心里窝火也不能发作。他思忖了一阵,软中带硬地说:"与别人相比,就你有前科,因此这个罚款由你承担比较合适。"

孟先志开玩笑说:"那我只有做贼,一家偷你们一只鸡!"

孔德有也开玩笑说:"你小子挺会算账,一只鸡起码卖十元,三百多只鸡就是三千多元!"

孟先志正色道："就这我也不想干，我一干就等于重新做贼了！"

孔德有心里一沉，突然意识到这是教唆人做贼，自己这个村支书，正和贼讨价还价。可有什么办法呢？一个基层干部，这也是工作。他长叹一口气，怏怏地说："算你帮孔家庄一个忙吧。两天后，你给我交来一千元。"

这就等于默认了孟先志的玩笑。孟先志毕竟做过贼，一经诱导也就真的干了起来。孔家庄人真不亏是名门之后、礼义之族，大家都知道让孟先志一人承担罚款太冤枉了，所以在他挨门摸鸡的时候，就睁一只眼闭一只眼。名义上是偷，其实跟捉自己家的鸡差不多。因此，没用半夜工夫，孟先志就弄了三百多只鸡。

第二天，孟先志借了辆手扶拖拉机，拉了鸡上街去卖。谁知刚开卖不久，就被乡派出所巡街的张民警撞见了。孟先志是有前科的人，张民警自然格外注意：这家伙一不是养鸡专业户，二不是鸡贩子，怎么会有这么多鸡？孟先志自恃是因公偷鸡，也就毫不隐瞒，把事情的根根梢梢都讲了出来，末了还挺客气地说："张师傅，来一只吧！"

张民警可不管你是因公因私，只要偷盗就是犯法！他毫不客气地把孟先志带进派出所，关进一间小黑屋里。

正是社会治安综合治理期间，孟先志顶风作案，偷鸡销赃，当场被抓，自然成为特大新闻。孔德有听到消息，急忙赶到了乡政府，申明情况，请求放掉孟先志，千万不要冤枉了好人。

乡领导冷笑一声："不是说孔家庄是一方净土吗？怎么出了偷鸡贼？快交摊派的罚款吧！至于放不放孟先志，那是公安上的事，乡政府就管不了喽！"

孔德有只觉得头昏脑涨。乡政府这边求不下情，他只好买了一些食品,先去安慰孟先志。孟先志隔着铁窗哭喊:"孔支书,是你让我重新做贼的呀!"

孔德有也流出了眼泪,长叹一声说:"你怪我,我怪谁?孔家庄真的出了贼,让我怎么向老祖宗交待?"

(曲范杰)
(题图:施其畏)

如何给女友一个惊喜

钻戒和《地雷战》

张成帽以前是宣钟创意工作室的副总,离开工作室后,一直也没和宣钟有什么联系,不知为什么,今天突然找上门来,宣钟见到以前的同事很高兴,连忙上前打招呼:"张总,过得怎么样?"

"还好,还好。"

"有固定女朋友了吗?"

"有了,有了,"张成帽说,"我找你就是为这事,以前没有女朋友比较烦恼,现在有了女朋友更烦恼。"

"那有什么烦恼?"

张成帽说,他现在的这个女友,就喜欢过节,什么情人节、三八妇女节、五一劳动节、五四青年节、国庆节、中秋节、元宵节、感恩节、圣诞节、万圣节……不管是中式的,还是西式的,逢节必过,就连母亲节、儿童节、清明节,她都不放过。

宣钟"扑哧"一笑,问:"她为什么那样喜欢过节呢?"

"咳,这也怪我,刚认识时,一过节我就给她买礼物,后来她就落下来这么一个毛病,就盼着过节,过节还必须买礼物,否则就不高兴,说我不在乎她了。现在,这买礼物倒成了应该的了,不买礼物还不成了。我就怕下半年,也不知道这下半年怎么会有这么多节,一个接着一个。"

张成帽缓了一口气,接着说:"其实,我倒也不是在乎花钱,可让我烦心的是,你给她花了钱,买了礼物,却没有应有的效果。刚开始还行,她见到礼物,还挺开心,又蹦又跳,可现在,你即使给她买再贵重的礼品,也很难看到她脸上有笑容了。"

宣钟解释说,这很正常,就像过去,一般老百姓只有过年才能吃上一顿饺子,那吃上饺子别提多高兴了,可现在,天天都能吃饺子,再没有人为吃饺子而激动了。

"她这个状态还不像吃饺子,倒有点像抽白面的,而且还是后期,抽了也没什么感觉,不抽反而浑身不舒服。"张成帽愁眉不展地说,"这不,又快到八一建军节了,今年还是建军八十年大庆,我正发愁,给她买什么礼物,才能让她满意呢。你是不是对女性心理有所研究?"

"我对她们也不太懂,不过我觉得女人可能和客户一样,她们要的并不是产品,而是一种感觉。现在,让客户满意的观点已经过时了,你要想法让客户刻骨铭心地记着你,让他们对你保持长期的忠诚度,仅仅让客户满意是不够的,你必须让他们感到惊喜!"

宣钟说到这里，停顿了一下，接着就举了一个国外的例子：有个旅游刊物的记者，入住了一家酒店，洗澡时发现浴缸的水管坏了，就打电话通知酒店来修。没有几分钟，修理工就来了，等修完了，客人正要下水洗澡，酒店经理来了，对他说，由于酒店没有事先做好检查工作，给客人带来不便，为了表示歉意，现在就把客人的房间换成总统套间。客人大喜过望，以后逢人就夸这家酒店好，于是无形之中就给这家酒店带来了不少生意。让客户惊喜，这就是服务业的真谛！

张成帽搔了搔后脑勺，疑惑地问："可怎样让我女友惊喜呢？"

宣钟问他准备送什么，张成帽说是想送女友一个钻戒，其实他已经送过两个钻戒了，可又找不到更贵重的礼物，宣钟告诉张成帽，送钻戒，远远不能使他的女友惊喜："张总，咱们做服务业的都知道，要想让客人高兴，所提供的价值一定要超出她的预期，现在提高礼物价值不大可能了，只有先降低她的预期，所以，你不能把钻戒直接给她，你必须先想办法把她的预期降下来，然后再掏出钻戒，这样她才能喜出望外。"

张成帽问："怎么做呢？"

宣钟笑眯眯地问张成帽小时候有没有看过电影《地雷战》，电影里面有个鬼子挖地雷的镜头：一个鬼子找到了一个地雷，小心翼翼地挖着，其实那是个假地雷，在它下面，用线还连着一颗真地雷呢，鬼子哪里知道这个？等把假地雷挖出来，正得意洋洋呢，没想到真地雷炸了。

宣钟说："我们可以借鉴一下地雷战的做法，你准备一个首饰盒，把首饰盒分成两层，把你的钻戒藏在底层，在上层放一个你奶奶用过的顶针或者鸽子腿上戴的那种脚环，中间用线连着。当你把首饰盒递给你女友，她兴冲冲地接过来，打开一看，发现竟是拴鸽子的脚环，肯定会大失所望，这样就大大降低了她的期望值，正当她怒不可遏地准备把脚环砸到你脑袋上时，没想到竟拽出了下面的钻戒，她肯定会转怒为喜，而且这种喜悦指数要远远大于你直接把钻戒放到她面前那种喜悦。"

张成帽还是将信将疑："真的吗？"

"那当然，一样的东西，不一样的感觉！"

"好，那我就试试。"张成帽走了。

蛐蛐笼子和初恋情人

过了一个月，张成帽又来了，宣钟一见他，便问道："怎么样？我给你出的那个假地雷带真地雷的主意如何？"

"还好，还好！多亏我一看她刚要变脸，赶紧喊'底下还有呢！底下还有呢'，再晚一点，不管假地雷，还是真地雷，都得飞过来，砸在我脑袋上。"张成帽接着说，"老宣，你看九九重阳节又快到了，咱们又得开始筹划了。"

"重阳节也过啊？"

"没告诉你逢节必过嘛。唉，该买的咱们都买过了，真不知这次买什么能让她高兴。"

"张总，别忘了，客户要的不是东西，而是感觉，这东西一定要买吗？"

"那还去偷啊？"

宣钟说不是这个意思，他说，礼物是表达感情的东西，这种东西不一定非得去买，可以亲手做，亲手做的礼物更能体现真诚，更能让女友欢喜。张成帽一听傻了眼："可我除了小时候学过编蛐蛐笼子，其他什么也不会啊！"

"那也行啊,重阳节讲究的是'遍插茱萸',你可以用茱萸编一对蛐蛐笼子耳饰,让她戴在耳朵上,绝对酷!"

张总一听喜上眉梢:"这还真是挺有新意的!"

"如果在笼子里再放只蛐蛐,那就更有情调了,你想,九九重阳,花前月下,柳荫树旁,你们俩正准备卿卿我我,突然间,蛐蛐声起,好一派田园诗画的意境!"

"诗画不诗画我倒不在意,不过这招倒是挺省钱的。多谢你啊,老宣,我现在真后悔年少时没有多学几门手艺。"张成帽说着就乐呵呵地走了,去找能编蛐蛐笼子的茱萸去了。

宣钟原以为下一个节日之前张成帽肯定还会来,没想到好几个节日过去了,张成帽都没有露面,直到快到冬天,他才走进了宣钟的公司。

"张总,这几个节你怎么熬过来的啊?"

"咳,我又给她编了几个笼子,编了个蝈蝈笼子当手机套,编了个鸡笼子当衣物筐,马上就要到她的生日了,这回她事先就声明,绝对不要什么笼子了,所以,只好又找你商量商量,看看买个什么生日礼物。"

"张总,还是那句老话——客户要的不是东西,要的是感觉,给她感觉一定要买礼物吗?"

"可我除了编笼子,别的真的不会做了。"

"我不是这个意思,我是说,送给她惊喜,不一定要送给她实物,我们可以通过非物质文化的东西给她带来惊喜,比如搞个生日活动之类的。"

张成帽觉得这倒是一个新思路,于是宣钟就问他女友平时有没有说过什么能让她特别心动、特别留恋的。张成帽想了想,说:"她倒是经常提起她的初恋,总说我比起以前那个他来,这个不行,那个不行。"

"她的初恋是谁啊?"

"我也不知道。"

宣钟立刻有了主意:"张总,你看这样好不好,每个人一生当中,都有这么一个心结,希望能再次见到自己的初恋情人。她过生日那天,咱们干脆就把她的初恋情人请来,一定能给她一个惊喜!"

张成帽听了有些顾虑:"这好吗?会不会引狼入室?"

"不会的,他们要联系早就偷着联系了,而且这样做,反而断了他们的念想,你想啊,你和她的旧友都认识了,她哪还好意思私下联系呀!"

"那好,就这么定了。"张成帽又问:"那到哪里去找她的初恋情人呢?"

宣钟说:"这好办,这事就交给我了,我去找私家侦探,实在不行,人肉搜索也行。现在网络这么发达,人要想隐藏起来还真难。"

"那就拜托你了,12月9日就是她的生日,生日派对就在我家吧,晚上七点。"

"行,没问题!"

前任和现任

12月9日晚上六点,宣钟准时来到张成帽的家,张总连忙指着身边的一个漂亮女人介绍道:"这是我的女友蒙蒙。"

宣钟客气地寒暄着:"幸会!幸会!"

一会儿,张成帽把宣钟拉到一边,急切地问:"怎么样?找到了吗?"

"找到了,我还见过了呢!"宣钟还想说什么,蒙蒙走了过来,打断了他们的话:"你们俩嘀咕什么呢?"

宣钟和张成帽只好不再作声了。

七点一过,门铃就响了,张成帽把门一打开,"呼啦拉",一下子进来十几人,每个人一进门都亲切地叫着"蒙蒙",蒙蒙突然见到这么一群似曾相识的人,一下惊呆了,站在那里,不知所措。

张成帽也有些傻眼,忙把宣钟拉到一旁,问:"怎么会有这么多?"

宣钟苦笑着说:"根据私家侦探调查,蒙蒙和他们每个人都有过一段恋爱史,而且她每次恋爱,都对人家说这是第一次,所以他们每个人都认为自己是蒙蒙的初恋情人,我也无法分辨,只好都带来了。"

这时候,屋里的人似乎都明白了相互关系和共同属性,于是乎屋子里立刻热闹起来,人们七嘴八舌,谈着当时的感受,有的还互相安慰着,这些人说的话,可有意思呢——

"当时她可把我害苦了,为她欠下的债我至今还没还清呢。"

"你这个有点像蒙特利尔奥运会,奥运会都过去二十多年了,市民还在偿还开奥运会欠下的债呢!"

"你呢?"

"我还行,三个月就结束了,没受多大苦。"

"我完了是你吗?"

"不是,中间还有三个呢。"

"你排老几?"

"我排老七。"

"那你应该是大哥,我排在你后面。"

"你岁数大,应该叫你大哥。"

"不,不,这事不论大小,只论先后。"

还有人问宣钟:"你是第几棒?"

宣钟说:"你们的事我没搀和。"

"那还好。"

这时候,人群中有人问:"谁是现任?""谁是现任?"

张成帽只好走到众人面前,有些尴尬,讪讪地说:"我是现任,我就是现任,今天把大家请来,就是想给蒙蒙过一个独特的生日,让她能找到女王的感觉。"

众人欢呼,纷纷向张成帽表示敬意:"你胸怀太宽广了,能容她者必成大事!""张总,太感谢你了,我说这两年她怎么不烦我了,原来你接手了,祝你们永远在一起,千万别分手!"

蒙蒙看着眼前的情景,不知道是什么滋味,反正是太出乎她的意料了,她依偎在张成帽身旁,亲昵地说:"帽帽,看着他们,我才知道你对我最好……"

(老　宣)
(题图:谢　颖)

真假题词

都是喝酒惹的祸

小葛是秀水乡文化站的站长,这天乡里交给他一项重大任务——去县里装裱省长写给乡党委的亲笔题词!

原来上个月,省长来偏远的秀水乡视察时,一时来了兴致,就挥笔题词:山肥水美康庄道,柳暗花明处处春。对于秀水乡来说,省长亲临视察,已是乡里的头桩大事;而今又题了词,更是大事中的大事。乡党委书记手捧题词,感慨地想:这是对全乡工作的充分肯定啊!于是当即指示,从速装裱,挂在党委会议室里。

书记把这项任务交给了副书记,副书记又交给了小葛。递到小葛手里时,副书记掐破了耳朵眼吩咐道:"省长的题词是大事!时间一定要抓紧,质量一定要一流!"

小葛领到任务，不敢怠慢，第二天天刚露明，便扔下怀里的新婚娇妻，带上省长的亲笔题词，赶早车直奔县城。到了县城，小葛径直来到乡里设在县城的招待所——同福酒楼。

小葛算得上是乡里文人，也是"酒仙"，一天三顿酒，无酒不成餐，一喝一个醉，醉了耍酒疯，为这事乡领导没少熊他。可今天，小葛早饭都没顾上吃，又坐了半天车，又饿又累，饥渴难耐，见了酒菜，自然亲得不行，不一会儿，整瓶酒就底儿朝了天。

酒足饭饱，小葛一抹嘴，直奔县里最有名的装裱社。讲定了价钱和交货时间后，他便神气十足地打开包，这一摸，不好了——省长的题词竟然不见了！小葛吓得酒醒了一半，可里里外外翻了几遍，就是没有踪影。到底丢哪儿了？小葛抠着脑壳使劲想终于想起来了。原来，他在酒楼里喝完酒，醉得腾云驾雾，手舞足蹈，不小心将碗里的三鲜汤溅了一桌。小葛醉眼惺忪地找纸擦桌子，他哪里分得清废纸不废纸，抓了纸就擦，擦了就扔到桌下。后来，服务员过来，就连纸带菜地抛进了后院的垃圾堆里，那扔掉的可不就是省长题词嘛！

想到这儿，小葛一拍脑门一跺脚，转身就往酒楼跑，三步并两步奔到酒楼找到垃圾堆，可上上下下翻了个底朝天，就是不见字纸的影儿。再问服务员，服务员想了想说：刚才厨师找引火，从这里抓了一团废纸点了！

这下小葛傻眼了，他想：完啦！这文化站长怕是干到头了。

真真假假谁辨出

小葛垂头丧气地回到乡里，贼一样地贴着墙根溜进家门，闷闷地吃完饭后，睡在床上才给老婆说了实话。小两口惶一阵，恐一阵。直到后半夜,他那当小学教师的老婆终于想出了一条妙计:"你不会仿着省长的字,再写一幅?"小葛一听,开心地从床上一跃而起,"对啊,我咋没想到!"小葛对书法略懂一二,拿到省长的字时,他还琢磨了好一阵子呢。可再一想,省长那字,柳神颜体,很有功底,咱哪能及得上啊。

老婆说:"写个大体像就中,又没有真比着,谁能认得真假!"接着他老婆像是给小学生上课一样,又分析,又比画,鼓励小葛索性来个瞒天过海,说不定还能死里逃生。

到了这地步,小葛也只好死马当作活马医,立刻翻身下床,光着膀子,找到毛笔和宣纸,罗锅一样伏在桌上,写了一张又一张,一直写到天快亮。那字儿,你别说,猛一瞅和省长的还真有点像,当然仔细一看就露拙了。小葛一个仰八叉,泄气地躺到床上直叹气,老婆却啧啧地夸:"好字,好字,就是省长的字。"说着连搂带抱地哄着小葛美美地睡了一觉。

好也罢,孬也罢,反正是逼上梁山。第二天上班时,小葛挑了一幅满意的又偷偷进了城。到了装裱社,出了个高价,请老师傅精心装裱了一番。

俗话说,人是衣裳马是鞍。这"省长题词"经全绫一裱,上下挂了名贵的檀香木轴儿,竟生出一派大手笔气势,让人一看,不由得肃然起敬。这中间,书记问了几次,说不久要召开全县大会,叫小葛到时不要误事。小葛只把胸脯拍得梆梆响,请领导尽管放心,不会误事。书记放心了,可那个安排小葛去装裱的副书记却吊着脸,冷笑一声,这让小葛的心又吊到了嗓子眼儿。

小葛的不祥预感并非多余,只是他绝对想不到,那幅真正的省长题词还安然无恙,而且就在副书记的手里!

说来也巧,那天小葛喝醉酒,前脚刚离开同福楼,副书记后脚就进来了。他来,当然不是找小葛,而是找在酒楼里当服务员的小情人。副书记摆出一副检查卫生的架势,东瞅瞅,西看看。当他转到后院时,突然发现垃圾堆上躺着一块上好的宣纸。这副书记也是个喜好书法的人,见状便好奇地拎起纸角来看。不看则已,一看竟大吃一惊。他不动声色,用手帕把纸上的油渍擦干净,叠好,又打听了小葛的来去,不觉生出一个念头。

原来,副书记的小舅子早就看中乡文化站长这差事,就是愁没抓到除掉小葛的把柄,这回好机会来了。

假作真时真亦假

半月后,县里要在秀水乡召开山区开发典型的现场会,与会的除了县里的领导就是各乡镇一把手。头一天,副书记叫人找小葛,让他快去把题词拿来,挂在党委会议室。

其实裱好的"省长题词"小葛早拿来了,只是心虚,不敢早早挂到墙上,这一回无论如何也要上架了。第二天一早,小葛硬着头皮,把"省长题词"的卷轴挂上了党委会议室的正墙。刚挂好,就见副书记手里拿着一卷宣纸走了进来。

副书记看了一眼小葛挂上墙的卷轴,然后把省长的题词在桌上展开,冷冷地说:"哼,你一个小小乡文化站长,胆子真不小呀,竟敢以假乱真糊弄我,你看看这是什么?你赶快把那假的给我摘下来!"

小葛做梦也没想到这丢失的省长题词竟会落到副书记手里,心里连连叫苦:完了,完了!啥也不用多说,就等着滚蛋吧!他正要踩上凳子去摘字轴儿,就听院里一阵车流的骚动,随即听到有人喊:"县长来了!"

县长领了一帮干部,边走边说:"来,来,大家先瞻仰一下咱省长的题词。"话音未落,便进了会议室。他看见小葛正在摘墙上的字轴儿,便阻拦道:"哎——小同志,别摘别摘!就挂这个位置,很好!"

"县长……"副书记上前一步,讷讷地说:"县长,这字儿……"

"哈哈,咱省长的题词,很好啊!"县长抢过话头,接着从头至尾认真地吟咏一遍,手一拍,称赞道:"好!好!你们看咱省长这水平!看文,古为今用,有重要的现实意义;看字,稳实有力,落笔千钧,真是字如其人啊……"

越来越多的人簇拥着县长,在"省长题词"前竞相称赞。在众人的称赞声中,副书记和小葛站在一旁傻了眼。

一阵热闹过后,县长发现了展在桌上的那张被油渍弄脏的真题词,笑着问副书记:"噢,听说你也写有一手好字,这一张是你临摹省长的吧?"副书记哪敢明说,只嗯嗯地支吾着。县长略略扫了一眼那题词,说:"嘿,像!有点像!只是比省长的字嘛——还是嫩些,对吧?还是墙上挂的老辣呀!哈哈哈……"

副书记只好苦笑着附和道:"嘿嘿,我这两下子哪能比得上咱省长……"说着抓过那题词窝成一团,迟疑了一下,便使劲扔出了窗外……

(岳春辉)

(题图:谭海彦)